敢于孤独的勇气

周国平 著

浙江人民出版社

爱情是一只鸟儿在天空飞翔，它自由，但也需要栖息；它空灵，但也需要踏实；它娇弱，因此需要保护；它任性，因此需要训导。

内心世界的丰富、敏感和活跃与否决定了一个人感受幸福的能力。在此意义上，幸福是一种能力。

每个人都是一个独一无二的个体，都应该认识自己独特的禀赋和价值，从而自我实现，真正成为自己。

世上有味之事，包括诗、酒、哲学、爱情，往往无用。吟无用之诗，醉无用之酒，读无用之书，钟无用之情，终于成一无用之人，却因此活得有滋有味。

当一个人的灵魂对于人生产生根本性的疑问时，他就会走向哲学。

在五光十色的现代世界中，让我们记住一个古老的真理：活得简单才能活得自由。

目录

第一章

拥有幸福的能力

第二章

认 识 你 自 己

第三章

享受生命本身

第四章

哲学与你有缘

第五章

为爱筑一个好巢

第六章

珍惜平凡的生活

第一章

拥有幸福的能力

在一定意义上，人生觉悟就在于透过社会堆积物去发现你的自然的生命，又透过肉身生命去发现你的内在的生命，灵魂一旦敞亮，你的全部人生就有了明灯和方向。

论幸福

灵魂是感受幸福的“器官”，任何外在经历必须有灵魂参与才成其为幸福。

内心世界的丰富、敏感和活跃与否决定了一个人感受幸福的能力。在此意义上，幸福是一种能力。

苦与乐不但有量的区别，而且有质的区别。在每一个人的生活中，苦与乐的数量取决于他的遭遇，苦与乐的品质取决于他的灵魂。

欢乐与欢乐不同，痛苦与痛苦不同，其间的区别远远超过欢乐与痛苦的不同。

对于沉溺于眼前琐屑享受的人，不足与言真正的欢乐。对于沉溺于眼前琐屑烦恼的人，不足与言真正的痛苦。

痛苦和欢乐是生命力的自我享受。最可悲的是生命力的乏弱，既无欢乐，也无痛苦。

痛苦使人深刻，但是，如果生活中没有欢乐，深刻就容易走向冷酷。未经欢乐滋润的心灵太硬，它缺乏爱和宽容。

我对幸福的看法日趋朴实了。在我看来，一个人若能做自己喜欢做的事，并且靠这养活自己，又能和自己喜欢的人在一起，并且使他（她）们也感到快乐，即可称幸福。

人世间真实的幸福原是极简单的。人们轻慢和拒绝神的礼物，偏要到别处去寻找幸福，结果生活越来越复杂，也越来越不幸。

幸福的和不幸的人呵，仔细想想，这世界上有谁是真正幸福的，又有谁是绝对不幸的？

幸福是有限的，因为上帝的赐予本来就有限。痛苦是有限的，因为人自己承受痛苦的能力有限。

幸福属于天国，快乐才属于人间。

幸福是一个抽象概念，从来不是一个事实。相反，痛苦和不幸却常常具有事实的坚硬性。

幸福是一种一开始人人都自以为能够得到、最后没有一个人敢说已经拥有的东西。

幸福和上帝差不多，只存在于相信它的人心中。

幸福喜欢捉迷藏。我们年轻时，它躲藏在未来，引诱我们前去寻找它。曾几何时，我们发现自己已经把它错过，于是回过头来，又在记忆中寻找它。

聪明人嘲笑幸福是一个梦，傻瓜到梦中去找幸福，两者都不承认现实中有幸福。看来，一个人要获得实在的幸福，就必须既不太聪明，也不太傻。人们把这种介于聪明和傻之间的状态叫作生活的智慧。

幸福是一个心思诡谲的女神，但她的眼光并不势利。权力能支配一切，却支配不了命运。金钱能买来一切，却买不来幸福。

一切灾祸都有一个微小的起因，一切幸福都有一个平庸的结尾。

自己未曾找到伟大的幸福的人，无权要求别人拒绝平凡的幸福。自己已经找到伟大的幸福的人，无意要求别人拒绝平凡的幸福。

我爱人世的不幸胜过爱天堂的幸福。我爱我的不幸胜过爱他人的幸福。

幸福的哲学

有人会说，幸福这个东西很难说，好像是很主观的感觉，很难有统一的标准。确实是这样，每个人对幸福的理解是不一样的。但是，你若深入地问为什么会不一样，其实还是有标准的。一个人对幸福的理解，从大的方面来说，其实体现了价值观，就是你究竟看重什么。

古希腊哲学家亚里士多德曾经说过：幸福是我们一切行为的终极目标，我们做所有的事情其实都是手段。一个人想要赚钱赚得多一点，这本身并不是目的，他是为了由此可以过上幸福的生活。有人可能就要反驳了：我不要那么多钱，也可以幸福。比如说我读几本好书，就会感到很幸福。其实对后一种人来说，读书就是他获得幸福的手段。

对于什么是幸福，西方哲学史上主要有两种看法、两个派别。一派叫作快乐主义，其创始人是古希腊哲学家伊壁鸠鲁。近代以来，英国的一些哲学家，如亚当·斯密、约翰·穆勒、休谟对此也有所阐发。这一派认为，幸福就是快乐。但什么是快乐？快乐就是身体的无痛苦和灵魂的无烦恼。身体健康、灵魂安宁就是快乐，就是幸福。他们还特别强调一点，人要从长远来看快乐，要理智地去寻求快乐。你不能为了追求一时的、眼前的快乐，而给自己埋下一个痛苦的祸根，结果得到的可能是更大的痛苦。另一派叫作完善主义。完善主义认为，幸福就是精神上的完善，或者说道德上的完善。他们认为人身上最高贵的部分，是人的灵魂，是人的精神。你要把这部分满足了，那才是真正的幸福。这一派的代表人物是苏格拉底、康德、黑格尔、马克思等，他们强调的是人的精神满足。

这两派有一个共同之处，那就是，都十分强调精神上的满足。如伊壁鸠鲁强调，物质欲望的满足本身不是快乐，物质欲望和生命本身的需要是两码事。生命需要得到满足那是一种快乐，但是超出生命需要的那些欲望反而是造成痛苦的根源。约翰·穆勒则强调，幸福就是快乐，但是快乐是有质量和层次的区别的，一个人只有各种快乐都品尝过了，他才知道哪一种快乐更深刻、更持久、更强烈、更美好。

在中国哲学里，我感觉，道家比较接近快乐主义，尤其是庄子强调生命本身的快乐，还强调精神自由的快乐，与天地精神相往来的快乐。儒家比较接近完善主义，儒家认为人生的理想境界、最高的享受就是道德上的完善。

也有哲学家认为，幸福是根本不可能的。最典型的就是德国哲学家叔本华。他说人是受欲望支配的，欲望就意味着匮乏，你缺什么往往就对什么有欲望，而匮乏意味着痛苦。所以，欲望没有满足的时候你是痛苦的，但是欲望满足以后，人是不是就快乐了呢？非也。欲望满足以后是无聊。叔本华说，人生就像钟摆一样，在痛苦和无聊之间摇摆，幸福是不可能的。

如果我们仅仅从满足身体的、物质的欲望层面来理解的话，幸福确实是不可能的。但是如果我们超越欲望层面来看幸福，这个观点就不成立了。比如你非常爱读书，你渴望去读那些好书，你知道一些好书在等着你读，那个时候你会痛苦吗？你不会。读完了以后你会无聊吗？不会。你感到丰富了自己的精神，你会因此快乐。这就进一步说明，我们谈幸福问题，一定要超越纯粹欲望的层面，要从价值观角度去谈。

我对幸福的看法日趋朴实了。在我看来，一个人若能做自己喜欢做的事，并且靠这养活自己，又能和自己喜欢的人在一起，并且使他（她）们也感到快乐，即可称幸福。

幸福和运气

无人能完全支配自己在世间的遭遇，其中充满着偶然性，因为偶然性的不同，运气分出好坏。有的人运气特别好，有的人运气特别坏，大多数人则介于其间，不太好也不太坏。谁都不愿意运气特别坏，但是，运气特别好，太容易地得到了想要的一切，是否就一定好？恐怕未必。他们得到的东西是看得见的，但也许因此失去了虽然看不见却更宝贵的东西。天下幸运儿大抵浅薄，便是证明。我所说的幸运儿与成功者是两回事。真正的成功者必定经历过苦难、挫折和逆境，绝不是只靠运气好。

运气好与幸福也是两回事。一个人唯有经历过磨难，对人生有了深刻的体验，灵魂才会变得丰富，而这正是幸福的最重要源泉。如此看来，我们一生中既有运气好的时候，也有运气坏的时候，恰恰是最利于幸福的情形。现实中的幸福，应是幸运与不幸按适当比例的结合。

在设计一个完美的人生方案时，人们不妨海阔天空地遐想。可是，倘若你是一个智者，你就会知道，最美妙的好运也不该排除苦难，最耀眼的绚烂也要归于平淡。原来，完美是以不完美为材料的，圆满是必须包含缺憾的。最后你会发现，上帝为每个人设计的方案无须更改，重要的是能够体悟其中的意蕴。

幸福的悖论

一

把幸福作为研究课题是一件冒险的事。“幸福”一词的意义过于含混，几乎所有人都把自己向往而不可得的境界称作“幸福”，但不同的人所向往的境界又是多么不同。哲学家们提出过种种幸福论，可以担保的是，没有一种能够为多数人所接受。至于形形色色所谓幸福的“秘诀”，如果不是江湖偏方，也至多是一些老生常谈罢了。

幸福是一种太不确定的东西。一般人把愿望的实现视为幸福，可是，一旦愿望实现了，就真感到幸福吗？萨特一生可谓功成愿遂，常人最企望的两件事，爱情的美满和事业的成功，他几乎都毫无瑕疵地得到了，但他在垂暮之年却说：“生活给了我想要的东西，同时它又让我认识到这没多大意思。

不过你有什么办法？”

所以，我对一切关于幸福的抽象议论都不屑一顾，而对一切许诺幸福的翔实方案则简直要嗤之以鼻了。

最近读莫洛亚的《人生五大问题》，最后一题也是“论幸福”。但在前四题中，他对与人生幸福密切相关的问题，包括爱情和婚姻、家庭、友谊、社会生活，做了生动透辟的论述，令人读而不倦。幸福问题的讨论历来包括两个方面，一是社会方面，关系到幸福的客观条件，二是心理方面，关系到幸福的主观体验。作为一位优秀的传记和小说作家，莫洛亚的精彩之处是在第二方面。就社会方面而言，他的见解大体是肯定传统的，但由于他体察人类心理，所以并不失之武断，给人留下了思索和选择的余地。

二

自古以来，无论在文学作品中，还是在现实生活中，爱情和婚姻始终被视为个人幸福之命脉所系。多少幸福或不幸的喟叹，都缘此而起。按照孔德的说法，女人是感情动物，爱情和婚姻对于女人的重要性自不待言。但即使是行动动物的男人，在事业上获得了辉煌的成功，倘若在爱情和婚姻上失败了，他仍然会觉得自己非常不幸。

可是，就在这个人们最期望得到幸福的领域里，却很少有人敢于宣称自己是真正幸福的。诚然，热恋中的情人个个都觉得自己是幸福女神的宠儿，但并非人人都能得到热恋的机遇，有许多人一辈子也没有品尝过个中滋味。况且热恋未必导向美满的婚姻，婚后的失望、争吵、厌倦、平淡、麻木几乎是常规，终身如恋人一样缱绻的夫妻毕竟只是幸运的例外。

从理论上说，每一个人在异性世界中都可能有一个最佳对象，一个所谓的“唯一者”“独一无二者”，或如吉卜林的诗所云，“一千人中之一人”。但是，人生短促，人海茫茫，这样两个人相遇的概率差不多等于零。如果把幸福寄托在这相遇上，幸福几乎是不可能的。不过，事实上，爱情并不如此苛求，冥冥中也并不存在非此不可的命定姻缘。正如莫洛亚所说：“如果因了种种偶然（按：应为必然）之故，一个求爱者所认为独一无二的对象从未出现，那么，差不多近似的爱情也会在另一个对象身上感到。”期待中的“唯一者”，会化身为千百种形象向一个渴望爱情的人走来。也许爱情永远是个谜，任何人无法说清自己所期待的“唯一者”究竟是什么样子的。只有到了坠入情网，陶醉于爱情的极乐，一个人才会惊喜地向自己的情人喊道：“你就是我一直期待着的那个人，就是那个唯一者。”

究竟是不是呢？

也许是的。这并非说，他们之间有一种宿命，注定不可能爱上任何别人。不，如果他们不相遇，他们仍然可能在另一个人身上发现自己的“唯一者”。然而，强烈的感情经验已经改变了他们的心理结构，从而改变了他们与其他可能的对象之间的关系。犹如经过一次化合反应，他们都已经不是原来的元素，因而不可能再与别的元素发生相似的反应了。在这个意义上，一个人一生只能有一次震撼心灵的爱情，而且只有少数人得此幸遇。

也许不是。因为“唯一者”本是痴情的造影，一旦痴情消退，就不再成其“唯一者”了。莫洛亚引哲学家桑塔耶那的话说：“爱情的十分之九是由爱人自己造成的，十分之一才靠那被爱的对象。”凡是经历过热恋的人都熟悉爱情的理想化力量，幻想本是爱情不可或缺的因素。太理智、太现实的爱情算不上爱情。最热烈的爱情总是在两个最富于幻想的人之间发生，不过，同样真实的是，他们也最容易感到幻灭。如果说普通人是因为运气不佳而不能找到意中人，那么，艺术家则是因为期望过高而对爱情失望的。爱情中的理想主义往往导致拜伦式的感伤主义，又进而导致纵欲主义，唐璜有过一千零三个情人，但他仍然没有找到他的“唯一者”，他注定找不到。

无幻想的爱情太平庸，基于幻想的爱情太脆弱，幸福的爱情究竟可能吗？我知道有一种真实，它能不断地激起幻想，有一种幻想，它能不断地化为真实。我相信，幸福的爱情是一种能不断地激起幻想、又不断地被自身所激起的幻想改造的真实。

三

爱情是无形的，只存在于恋爱者的心中，即使人们对于爱情的感受千万差别，但在爱情问题上很难做认真的争论。婚姻就不同了，因为它是有形的社会制度，立废取舍，人是有主动权的。随着文明的进展，关于婚姻利弊的争论愈演愈烈。有一派人认为婚姻违背人性，束缚自由，败坏或扼杀爱情，本质上是不可能幸福的。莫洛亚引婚姻反对者的话说：“一对夫妇总依着两人中较为庸碌的一人的水准而生活。”此言可谓刻薄。但莫洛亚本人持赞成婚姻的立场，认为婚姻是使爱情的结合保持相对稳定的唯一方式。只是他把艺术家算作了例外。

在拥护婚姻的一派人中，对于婚姻与爱情的关系又有不同看法。两个截然不同的哲学家，尼采和罗素，都要求把爱情与婚姻区分开来，反对以爱情为基础的婚姻，而主张婚姻以优生和培育后代为基础，同时保持婚外爱情的自由。法国哲学家阿兰认为，婚姻的基础应是逐渐取代爱情的友谊。莫洛亚修正说："在真正幸福的婚姻中，友谊必得与爱情融合一起。"也许这是一个比较令人满意的答案。爱情基于幻想和冲动，因而仅因爱情缔结的婚姻结局往往不幸。但是，无爱情的婚姻更加不幸。仅以友谊为基础的夫妇关系诚然彬彬有礼，但未免失之冷静。保持爱情的陶醉和热烈，辅以友谊的宽容和尊重，从而除去爱情难免会有的嫉妒和挑剔，正是加固婚姻的爱情基础的方法。不过，实行起来并不容易，其中诚如莫洛亚所说必须有诚意，但单凭诚意又不够。爱情仅是感情的事，婚姻的幸福却是感情、理智、意志三方通力合作的结果，因而更难达到。"幸福的家庭都是相似的；不幸的家庭各有各的不幸。"此话也可解为：千百种因素都可能导致婚姻的不幸，但没有一种因素可以单独造成幸福的婚姻。结婚不啻是把爱情放到琐碎平凡的日常生活中去经受考验，莫洛亚说得好，准备这样做的人不可抱着买奖券侥幸中头彩的念头，而必须像艺术家创作一部作品那样，具有一定要把这部艰难的作品写成功的决心。

四

两性的天性差异可以导致冲突，从而使共同生活变得困难，也可以达成和谐，从而造福人生。

尼采曾说："同样的激情在两性身上有不同的节奏，所以男人和女人不断地发生误会。”可见，两性之间的和谐并非现成的，它需要一个彼此接受、理解、适应的过程。一般而论，男性重行动，女性重感情，男性长于抽象观念，女性长于感性直觉，男性用刚强有力的线条勾画出人生的轮廓，女性为之抹上美丽柔和的色彩。

欧洲妇女解放运动初起时，一群女权主义者热情地鼓动妇女走上社会，从事与男子相同的职业。爱伦·凯女士指出，这是把两性平权误认作两性功能相等了。她主张女子在争得平等权利之后，回到丈夫和家庭那里去，以自由人的身份从事其最重要的工作——爱和培育后代。现代的女权主义者已经越来越重视发展女子天赋的能力，而不再天真地孜孜于抹平性别差异了。

女性在现代社会中的特殊作用尚有待发掘。马尔库塞认为，由于女性与资本主义异化劳动世界相分离，因此她们能更多地保持自己的感性，比男子更人性化。的确，女性比男性更接近自然，更扎根于大地，有更单纯的、未受污染的本能和感性。所以，莫洛亚说：“一个纯粹的男子，最需要一个纯粹的女子去补充他……因了她，他才能和种族这深切的观念保持恒久的接触。”又说，“我相信若是一个社会缺少女人的影响，定会堕入抽象，堕入组织的疯狂，随后是需要专制的现象……没有两性的合作，绝没有真正的文明。”在人性片面发展的时代，女性是一种人性复归的力量。德拉克洛瓦的名画《自由领导人民》，画中的自由神是一位袒着胸脯、未着军装、面容安详的女子。歌德诗曰：“永恒之女性，引导我们走。”走向何方？走向一个更实在的人生，一个更有人情味的社会。

莫洛亚可说是女性的一位知音。人们常说，女性爱慕男性的“力”，男性爱慕女性的“美”。莫洛亚独能深入一步，看出：“真正的女性爱慕男性的‘力’，因为她们稔知强有力的男子的弱点。”“女人之爱强的男子只是表面的，且她们所爱的往往是强的男子的弱点。”我只想补充一句：强的男子可能对千百个只知其强的崇拜者无动于衷，却会在一个知其弱点的女人面前倾倒。

五

男女之间是否可能有真正的友谊？这是在实际生活中常常遇到、常常引起争论的一个难题。即使在最封闭的社会里，一个人恋爱了，或者结了婚，仍然不免与别的异性接触和可能发生好感。这里不说泛爱者和爱情转移者，一般而论，一种排除情欲的澄明的友谊是否可能呢？

莫洛亚对这个问题的讨论是饶有趣味的。他列举了三种异性之间友谊的情形：一方单恋而另一方容忍；一方或双方是过了恋爱年龄的老人；旧日的恋人转变为友人。分析下来，其中每一种都不可能完全排除性吸引的因素。道德家们往往攻击这种“杂有爱的成分的友谊”，莫洛亚的回答是：即使有性的因素起作用，又有什么要紧呢！“既然身为男子与女子，若在生活中忘记了肉体的作用，始终是个疯狂的行为。”

异性之间的友谊即使不能排除性的吸引，它仍然可以是一种真正的友谊。蒙田曾经设想，男女之间最美满的结合方式不是婚姻，而是一种肉体得以分享的精神友谊。拜伦在谈到异性友谊时也赞美说：“毫无疑义，性的神秘力量在其中也如同在血缘关系中占据着一种天真无邪的优越地位，把这谐音调弄到一种更微妙的境界。如果能摆脱一切友谊所防止的那种热情，又充分明白自己的真实情感，世间就没有什么能比得上做女人的朋友了，如果你过去不曾做过情人，将来也不愿做了。”在天才的生涯中起重要作用的女性未必是妻子或情人，有不少倒是天才的精神挚友，只要想一想贝蒂娜与歌德、贝多芬，梅森葆夫人与瓦格纳、尼采、赫尔岑、罗曼·罗兰，莎乐美与尼采、里尔克、弗洛伊德，梅克夫人与柴可夫斯基，就足够了。当然，性的神秘力量在其中起的作用也是不言而喻的。区别只在于，这种力量因客观情境或主观努力而被限制在一个有益无害的地位，既可为异性友谊罩上一种为同性友谊所未有的温馨情趣，又不致像爱情那样激起一种疯狂的占有欲。

六

在经过种种有趣的讨论之后，莫洛亚得出了一个似乎很平凡的结论：幸福在于爱，在于自我的遗忘。当然，事情并不这么简单。康德曾经提出理性面临的四大二律背反，我们可以说人生也面临种种二律背反，爱与孤独便是其中之一。莫洛亚引用了拉伯雷《巨人传》中的一则故事。巴奴越去向邦太葛吕哀征询关于结婚的意见，他在要不要结婚的问题上陷入了两难的困境：结婚吧，失去自由，不结婚吧，又会孤独。其实这种困境不独在结婚问题上存在。个体与类的分裂早就埋下了冲突的种子，个体既要通过爱与类认同，但又不愿完全融入类之中而丧失自身。绝对的自我遗忘和自我封闭都不是幸福，并且也是不可能的。在爱之中有许多烦恼，在孤独之中又有许多悲凉。另一方面呢，爱诚然使人陶醉，孤独也未必不使人陶醉。当最热烈的爱受到创伤而返诸自身时，人在孤独中学会了爱自己，也学会了理解别的孤独的心灵和深藏在那些心灵中的深邃的爱，从而体味到一种超越的幸福。

一切爱都基于生命的欲望，而欲望不免造成痛苦。所以，许多哲学家主张节欲或禁欲，视宁静、无纷扰的心境为幸福。但另一些哲学家却认为拼命感受生命的欢乐和痛苦才是幸福，对于一个生命力旺盛的人，爱和孤独都是享受。如果说幸福是一个悖论，那么，这个悖论的解决正存在于争取幸福的过程之中。其中有斗争，有苦恼，但只要希望尚存，就有幸福。所以，我认为莫洛亚这本书的结尾句是说得很精彩的："若将幸福分析成基本原子时，亦可见它是由斗争与苦恼形成的，唯此斗争与苦恼永远被希望所挽救而已。"

一个人唯有经历过磨难，对人生有了深刻的体验，灵魂才会变得丰富，而这正是幸福的最重要源泉。

最高的物质幸福

“和平是人类社会最高的物质幸福，就像健康是个人最高的物质幸福一样。”——在这个崇尚金钱和财富的时代，我要一再向人们推荐托尔斯泰的这句至理名言。

托尔斯泰在这里仅限于谈“物质幸福”。健康与和平都具有物质性，前者是个人机体的状态，后者是人类社会机体的状态。看来他并不否认金钱和财富是物质幸福，但否认它们是最高的物质幸福。其实道理很简单。在一个时刻遭受战争和恐怖主义的威胁的世界上，经济再发达又有什么用？如果一个人的生命机能被彻底毁坏了，钱再多又有什么用？

然而，许多人偏偏忘记了如此简单的道理，不但把金钱和财富看作最高的物质幸福，甚至看作唯一的幸福，不顾一切地追求。结果，毁掉的是个人和人类一切幸福的基础——健康与和平。

套用托尔斯泰的话，我想说：我在物质上的最高奢望就是，在一个和平的世界上，有一个健康的身体，过一种小康的日子。在我看来，如果天下绝大多数人都能过上这种日子，那就是一个非常美好的世界了。

可持续的快乐

如果一个年轻女性来问我，青春不能错过什么，要我举出十件必须做的事，我大约会这样列举：

一、 至少恋爱一次，最多两次。一次也没有，未免辜负了青春。但真恋爱不容易，超过两次，就有赝品之嫌。

二、 交若干好朋友，可以是闺中密友，也可以是异性知音。

三、 学会烹调，能烧几样好菜。重要的不是手艺本身，而是从中体会日常生活的情趣。

四、 每年小旅行一次，隔几年大旅行一次，增长见识，拓宽胸怀。

五、 锻炼身体，最好有一种自己喜欢、能够持之以恒的体育项目。

六、 争取受良好的教育，精通一门专业知识或技能，掌握足以维持生存的看家本领。尽量按照自己的兴趣选择职业。如果做不到，就以敬业精神对待本职工作，同时在业余发展自己的兴趣。

七、 养成高品位的读书爱好，读一批好书，找到属于自己的书中知己。

八、 喜欢至少一种艺术，音乐、舞蹈、绘画都行，可以自己创作和参与，也可以只是欣赏。

九、 养成写日记的习惯。它可以帮助你学会享受孤独，在孤独中与自己谈心。

十、 经历一次较大的挫折而不被打败。只要不被打败，你就会变得比过去强大许多倍。不经历这么一回，你不会知道自己其实多么有力量。

开完这个单子，我再来说一说我的指导思想。我的指导思想很简单，第一条是快乐。青春是人生中生命力最旺盛的时期，快乐是天经地义的。我最讨厌那种说教，什么“少壮不努力，老大徒伤悲”，什么“吃得苦中苦，方为人上人”，仿佛青春的全部价值就在于为将来的成功而苦苦奋斗。在所有的人生模式中，为了未来而牺牲现在是最坏的一种，它把幸福永远向后推延，实际上是取消了幸福。人只有一个青春期，要享受青春，也只能是在青春期。有一些享受，过了青春期诚然还可以有，但滋味是不一样的。譬如说，人到中老年仍然可以恋爱，但终归减少了新鲜感和激情。同样是旅行，以青春期的好奇、敏感和精力充沛，也能取得中老年不易有的收获。依我看，“少壮不享乐，老大徒懊丧”至少也是成立的。倘若一个人在年轻时并非因为生活所迫而只知吃苦，拒绝享受，到年老力衰时即使成了人上人，却丧失了享受的能力,那又有什么意思呢。尤其是女性,我衷心希望她们有一个快乐的青春，否则这个世界也不会快乐。

但是，快乐不应该是单一的、短暂的、完全依赖外部条件的，而应该是丰富的、持久的、能够靠自己创造的，否则结果仍是不快乐。所以，我的第二条指导思想是可持续的快乐。这是套用“可持续发展”一语，用在这里正合适。青春终究会消逝，如果只是及时行乐，毫不为今后考虑，倒真会“老大徒悲伤”了。为今后考虑，一方面是实际的考虑，例如要有真本事，要有健康的身体，等等。另一方面，更重要的是，要使快乐本身不但是快乐，而且具有生长的能力，能够生成新的更多的快乐。我所列举的多数事情都属于此类，它们实际上是一些精神性质的快乐。青春是心智最活泼的时期，也是心智趋于定型的时期。在这个时期，一个人倘若能够通过读书、思考、艺术、写作等充分领略心灵的快乐，形成一个丰富的内心世界，他在自己的身上就拥有了一个永不枯竭的快乐源泉。这个源泉将泽被整个人生，使他即使在艰难困苦之中仍拥有人类最高级的快乐。在我看来，这是一个人可能在青春期获得的最重大成就。当然，女性同样如此。如果我不这样看，我就是歧视女性。如果哪个女性不这样看，她就未免太自卑了。

苦难的精神价值

维克多·弗兰克是意义治疗法的创立者，他的理论已成为弗洛伊德、阿德勒之后维也纳精神治疗法的第三学派。第二次世界大战期间，他曾被关进奥斯维辛集中营，受尽非人的折磨，九死一生，只是侥幸地活了下来。在《活出意义来》这本小书中，他回顾了当时的经历。作为一名心理学家，他并非像一般受难者那样流于控诉纳粹的暴行，而是尤能细致地捕捉和分析自己的内心体验以及其他受难者的心理现象，许多章节读来饶有趣味，为研究受难心理学提供了极为生动的材料。不过，我在这里想着重谈的是这本书的另一个精彩之处，便是对苦难的哲学思考。

对意义的寻求是人的最基本的需要。当这种需要找不到明确的指向时，人就会感到精神空虚，弗兰克称之为“存在的空虚”。这种情形普遍地存在于当今西方的“富裕社会”。当这种需要有明确的指向却不可能实现时，人就会有受挫之感，弗兰克称之为“存在的挫折”。这种情形发生在人生的各种逆境或困境之中。

寻求生命意义有各种途径，通常认为，归结起来无非一是创造，以实现内在的精神能力和生命的价值；二是体验，借爱情、友谊、沉思、对大自然和艺术的欣赏等美好经历获得心灵的愉悦。那么，倘若一个人落入了某种不幸境遇，基本上失去了积极创造和正面体验的可能，他的生命是否还有一种意义呢？在这种情况下，人们一般是靠希望活着的，即相信或至少说服自己相信厄运终将过去，然后又能过一种有意义的生活。然而，第一，人生中会有一种可以称作绝境的境遇，所遭遇的苦难是致命的，或者是永久性的，人不复有未来，不复有希望。这正是弗兰克曾经陷入的境遇，因为对于奥斯维辛集中营的战俘来说，煤气室和焚尸炉几乎是不可逃脱的结局。我们还可以举出绝症患者，作为日常生活中的一个相关例子。如果苦难本身毫无价值，则一旦陷入此种境遇，我们就只好承认生活没有任何意义了。第二，不论苦难是否是暂时的，如果把眼前的苦难生活仅仅当作一种虚幻不实的生活，就会如弗兰克所说忽略了苦难本身所提供的机会。他以狱中亲历指出，这种态度是使大多数俘虏丧失生命力的重要原因，他们正因此而放弃了内在的精神自由和真实自我，意志消沉，一蹶不振，彻底成为苦难环境的牺牲品。

所以，在创造和体验之外，有必要为生命意义的寻求指出第三种途径，即肯定苦难本身在人生中的意义。一切宗教都很重视苦难的价值，但认为这种价值仅在于引人出世，通过受苦，人得以救赎原罪，进入天国（基督教），或看破红尘，遁入空门（佛教）。与它们不同，弗兰克的思路属于古希腊以来的人文主义传统，他是站在肯定人生的立场上来发现苦难的意义的。他指出，即使处在最恶劣的境遇中，人仍然拥有一种不可剥夺的精神自由，即可以选择承受苦难的方式。一个人不放弃他的这种“最后的内在自由”，以尊严的方式承受苦难，这种方式本身就是“一项实实在在的内在成就”，因为它所显示的不只是一种个人品质，而且是整个人性的高贵和尊严，证明了这种尊严比任何苦难更有力，是世间任何力量不能将它剥夺的。正是这个原因，在人类历史上，伟大的受难者如同伟大的创造者一样受到世世代代的敬仰。也正是在这个意义上，陀思妥耶夫斯基说出了这句耐人寻味的话：“我只担心一件事，就是怕我配不上我所受的苦难。”

我无意颂扬苦难。如果允许选择，我宁要平安的生活，得以自由自在地创造和享受。但是，我赞同弗兰克的见解，相信苦难的确是人生的必含内容，一旦遭遇，它也的确提供了一种机会。人性的某些特质，唯有借此机会才能得到考验和提高。一个人通过承受苦难而获得的精神价值是一笔特殊的财富，由于它来之不易，所以绝不会轻易丧失。而且我相信，当他带着这笔财富继续生活时，他的创造和体验都会有一种更加深刻的底蕴。

我相信，幸福的爱情是一种能不断地激起幻想、又不断地被自身所激起的幻想改造的真实。

幸福和苦难都属于灵魂

幸福似乎主要是一种内心快乐的状态。不过，它不是一般的快乐，而是非常强烈和深刻的快乐，以至于我们此时此刻会由衷地觉得活着是多么有意思，人生是多么美好。正是这样，幸福的体验最直接地包含着我们对生命意义的肯定评价。感到幸福，也就是感到自己的生命意义得到了实现。不管拥有这种体验的时间多么短暂，这种体验却总是指向一生的，所包含的是对生命意义的总体评价。当人感受到幸福时，心中仿佛响着一个声音："为了这个时刻，我这一生值了！"若没有这种感觉，说"幸福"就是滥用了大字眼儿。人身上必有一种整体的东西，是它在寻求、面对、体悟、评价整体的生命意义，我们只能把这种东西叫作灵魂。所以，幸福不是零碎和表面的情绪，而是灵魂的愉悦。

“幸福”这个概念的确切含义：“活得有意义”的鲜明感觉。它必须通过反思，所以会有“身在福中不知福”之说。幸福只是灵魂的事，肉体只会有快感，不会有幸福感。

既然一切美好的经历必须转化为内心的体验才成其为幸福，那么，内心体验的敏感和丰富与否就的确是重要的，它决定了一个人感受幸福的能力。对于内心世界不同的人来说，相同的经历具有完全不同的意义——事实上他们也并不拥有相同的经历。

苦难与幸福是相反的东西，但它们有一个共同之处，就是都直接和灵魂有关，并且都牵涉到对生命意义的评价。在通常情况下，我们的灵魂是沉睡着的，一旦我们感到幸福或遭到苦难，它便醒来了。如果说幸福是灵魂的巨大愉悦，这愉悦源自对生命的美好意义的强烈感受，那么，苦难之为苦难，正在于它撼动了生命的根基，打击了人对生命意义的信心，因而使灵魂陷入了巨大痛苦。生命意义仅是灵魂的对象，对它无论是肯定还是怀疑、否定，只要是真切的，就必定是灵魂在出场。外部的事件再悲惨，如果它没有震撼灵魂，也只成为一个精神事件，就称不上是苦难。一种东西能够把灵魂震醒，使之处于虽然痛苦却富有生机的紧张状态，应当说它必具有某种精神价值。

快感和痛感是肉体感觉，快乐和痛苦是心理现象，而幸福和苦难则仅仅属于灵魂。幸福是灵魂的叹息和歌唱，苦难是灵魂的呻吟和抗议，在两者中凸现的是对生命意义的或正或负的强烈体验。

幸福是生命意义得到实现的鲜明感觉。一个人在苦难中也可以感觉到生命意义的实现乃至最高的实现，因此苦难与幸福未必是互相排斥的。但是，在更多的情况下，人们在苦难中感觉到的却是生命意义的受挫。我相信，即使是这样，只要没有被苦难彻底击败，苦难仍会深化一个人对于生命意义的认识。

领悟悲剧也须有深刻的心灵，人生的艰难关头最能检验一个人的灵魂深浅。有的人一生连遭不幸，却未尝体验过真正的悲剧情感。相反，表面上一帆风顺的人也可能经历巨大的内心悲剧。

财富和幸福

一、有钱的主要好处

爱默生说：有钱的主要好处是用不着看人脸色了。这也是我的体会。钱是好东西，有钱的最大好处是可以使你在钱面前获得自由，包括在一切涉及钱的事情面前，而在这个俗世间，涉及钱的事情何其多也。所以，即使对于一个不贪钱的人来说，有钱也是大好事。

但是，钱不是最好的东西，不能为了这个次好的东西而牺牲最好的东西。一个人如果贪钱，有了钱仍受钱支配，在钱面前毫无自由，有钱的最大好处就荡然无存了。

二、对金钱的态度

钱是好东西，但不是最好的东西。所以，第一，不能为这个好东西把最好的东西丢掉了；第二，只要不丢掉最好的东西，这个好东西越多越好。最好的东西是什么？就是生命的单纯和灵魂的高贵。

三、人生的两个简单

人生应该力求两个简单：物质生活的简单和人际关系的简单。有了这两个简单，心灵就拥有了广阔的空间和美好的宁静。

现代人却在两个方面都复杂，物质生活上是财富的无穷追逐，人际关系上是利益的不尽纠葛，两者占满了生活的几乎全部空间，而人世间的大部分烦恼就是源自这两种复杂。

四、财富和幸福

幸福比财富难，你有很多财富也未必幸福。幸福又比财富易，你有很少财富也可能幸福。

换句话说，得到财富比得到幸福容易，那些不幸福的富人就是证明；得到幸福比得到财富容易，那些不富裕但幸福的人就是证明。

原因在于，幸福无非是生命和心灵的满足，而很少的物质就能使生命满足，再多的物质也不能使心灵满足。

所以，在寻求幸福的道路上，不妨把物质的目标定得低一点，从而给精神追求留出空间。

五、多余的财产

贫困是苦，小康是福，大富是福是祸则不好说。我对物质的要求十分简单，衣食无忧足矣，超出于此的财产基本上与我无关。据我观察，多余的财产成为负担和烦恼，远甚于成为享受。当然，关键是心态，你把它们视为可有可无，它们也就真的若有若无了，得不会成为负担，失不会造成烦恼。

六、节俭

节俭对于穷人是必需，对于富人是美德。我说的是节俭，不是吝啬。一个自己在物质生活上节俭的人，完全可能在援助他人时慷慨。

七、计算小钱的乐趣

香港某富豪一掷千金办公益，曾听说他的一则小故事：一次在跳蚤市场，看见一件几十港币的小摆设，很喜欢却觉得贵，犹豫再三，再返回时已卖掉，为此颇后悔。

富裕仍不失平常人的心态，很可爱。因此也不失平常人的乐趣。在零售市场计算小钱，讨价还价，正是经济生活中的喜剧因素。

八、贪官的愚昧

看到关于那些贪官的报道，攫取永远花不完的巨款，费尽心机藏匿和转移，在侥幸和恐惧中度日，如此等等，使我惊讶的不是他们的贪婪，而是他们的愚昧。

第二章 认识你自己

独处是灵魂生长的必要空间，在独处时，我们从别人和事务中抽身出来，回到了自己。

拥有“自我”

哲学家们常常教导我们，要“认识你自己”“成为你自己”。的确，人活在世上，应该活出自己的本色。然而，“自我”是一个复杂的概念，哲学家们自己尚且争论不清。

一个人怎样才算拥有“自我”呢？我认为有两个可靠的标志。

一是看他有没有自己的真兴趣，亦即自己安身立命的事业，他能够全身心地投入其中，并感到内在的愉快和充实。如果有，便表明他正在实现“自我”，这个“自我”是指他的个性，每个人独特的生命价值。

二是看他有没有自己的真信念，亦即自己处世做人的原则，那是他的精神上的坐标轴，使他在俗世中不随波逐流。如果有，便表明他拥有“自我”，这个“自我”是指他的灵魂，一个坚定的精神核心。

这两种意义上的“自我”都不是每个人一出生就拥有的，而是在人生过程中不断选择和创造的结果。正因为此，每个人都要为自己成为怎样的人负责。

认识你自己

“认识你自己！”——这是铭刻在希腊圣城德尔斐神殿上的著名箴言，古希腊和后来的哲学家喜欢引用来规劝世人。

对这句箴言可作三种理解。

其一，人要有自知之明。有人问泰勒斯，什么是最困难之事，回答是：“认识你自己。”接着的问题：什么是最容易之事？回答是：“给别人提建议。”这位最早的哲人显然是在讽刺世人，世上有自知之明者寥寥无几，好为人师者比比皆是。苏格拉底更进一步，从这句箴言中看到了神对人的要求，就是人应该知道自己的限度，承认自己在宇宙最高秘密面前是无知的。“我知道我一无所知”——因为这句话，他被德尔斐神谕称作全希腊最智慧的人。

其二，每个人身上都藏着人性的秘密，都可以通过认识自己来认识人性。

事实上，自古至今，一切伟大的人性认识者都是真诚的反省者，他们无情地把自己当作标本，借之反而对人性有了深刻而同情的理解。

其三，每个人都是一个独一无二的个体，都应该认识自己独特的禀赋和价值，从而自我实现，真正成为自己。

为自己写的日记

看托尔斯泰日记。他在新婚九个月时写道："我自己喜欢并且了解的我，那个有时整个地暴露、叫我高兴也叫我害怕的我，如今在哪里？我成了一个渺小的微不足道的人。自从我娶了我所爱的女人以来，我就是这样一个人。这个本子里写的东西几乎全是谎言、虚伪。一想到她此刻就在我身后看我写东西，就减少了、破坏了我的真实性……为了她（她会看我的日记）我倒不是不写真话，而是在许多可写的东西中间进行挑选，选出那些单为我自己我不会去写的东西。"

非常准确，这也正是我的感觉。一本单为自己写的日记几乎是保持自我的真实性的必要条件。尤其是一个过家庭生活的人，为了维护家庭的安宁，为了照顾亲人的情绪，言行中的某种克制是不可避免的。然而，如果在日记中、在心灵的独白中也如此克制，那就是虚伪了，最后一个真实的机会也就丧失了。这当然与爱不爱无关，在再爱的人面前也不可能时时处处袒露一切真实心绪和想法，往往会选出那些她终究还能接受的东西来写，而舍弃了她不能接受的东西。

一个人通过承受苦难而获得的精神价值是一笔特殊的财富，由于它来之不易，就绝不会轻易丧失。而且我相信，当他带着这笔财富继续生活时，他的创造和体验都会有一种更加深刻的底蕴。

我更愿意是我自己

——答《青年心理》杂志

一、你怎样形容自己的性格？

恰好二十年前，《中国青年》杂志做过类似的采访，对于同样的问题，我是这样回答的：“敏感，忧郁，怕羞。拙于言谈，疏于功名。不通世故，不善社交。”如此等等。现在再看，觉得仍基本准确。但也有变化，现在不像当年那样敏感和忧郁了，似乎已趋于坚韧和达观。当然，这可以是成熟，也可以是衰老，我姑且当作是前者吧。

我认为，人的基本性格是难以改变的，也不必刻意改变。性格本身无所谓好坏，关键在于正确地使用，使之产生好的结果。比如说，我不善社交，也就不去社交场折腾了，反倒为自己赢得了宁静的心境和独处的时间。

二、你最喜欢哪个童话故事？为什么？

圣埃克苏佩里的《小王子》。在成人的功利世界里，我常常感到孤独，而这时候孩子便是我的救星。我觉得和孩子非常好沟通，没有任何障碍。在这篇童话中，我读出了作者同样的心情，并且他做了最有力的表达。

三、做什么事会让你感觉最舒适最享受？

读一本好书。与一个好女人相爱。和自己的孩儿疯玩傻乐。

四、你对自己最满意和最不满意的是什么？

最满意的是，我在做自己喜欢做的工作，和自己喜欢的人一起生活。最不满意的是，我不善于拒绝，有时候仍会因为情面而做自己并不喜欢做的事情。

五、近一段时间，让你感到最快乐的是什么事？

停下了一切工作，无所事事。

六、如果真的有可以让时光倒流的时间机器，你希望回到什么时候？为什么？

古希腊是人类健康生命和高贵心灵的乐园，唐宋是中国文人的黄金时代，都很值得去游历一番。但是，我不想在那里定居。我投生在今天这个时代，因此成了这个时代的产物。设想我是别的时代的人，就等于设想我不是我，而这又等于设想我不存在。

如果你问的是希望回到我自己人生的什么时候，我告诉你，我不想回到任何时候。人生一切美好经历的魅力就在于不可重复，它们因此而永远活在了记忆中。

七、你觉得自己最好的习惯是什么？怎样养成的？

写日记。我在五岁时就自发地写日记了。开始的原因似乎很可笑，那时候大家都穷，吃到一点好东西不容易。我想，今天吃了，明天忘了，不是白吃了吗？于是做了一个小本子，吃到好东西就记下来。后来所记的当然不这么幼稚了，但相同的是，我通过写日记留住了人生的许多好滋味。

写日记是心灵生活的好方式。我的体会是，通过写日记，第一能把自己的外在经历转化成内在财富，从而使心灵丰富；第二能经常从热闹的外部生活中抽身回来，与自己相处和对话，从而使心灵宁静。

八、成长过程中什么人或者什么事对你的影响最大？是怎样的影响？

我上大学时的同学郭世英。请参看我的《岁月与性情》一书。

九、你最喜欢异性身上的什么特点？

温柔，聪慧，善解人意。单纯一些，不要太功利，女人一功利就特别俗。当然，我摆脱不了男人的偏见，还喜欢女人漂亮。

十、爱情中最重要的品质是什么？

真诚，信任，包容。

十一、你觉得爱一个人最好的方式是什么？

把她（他）当作独立的个人尊重她（他），把她（他）当作最亲的亲人心疼她（他）。

十二、失去什么，会让你觉得绝望？

爱的能力，思想的能力。

十三、你觉得最好的职业是什么？为什么？

最好的职业是有业无职，就是有事业，而无职务、职位、职称、职责之束缚，能够自由地支配自己的时间，做自己喜欢做的事。例如艺术家、作家、学者。当然，前提是他们真正热爱艺术、文学和学术。否则，职位、职务、职称俱全而唯独无事业的所谓学者、作家、艺术家，今天有的是。

十四、怎样才能确定一个职业是否适合自己？

应该符合三个条件：第一，有强烈的兴趣，甚至到了不给钱也一定要干的程度；第二，有明晰的意义感，确信自己的生命价值借此得到了实现；第三，能够靠它养活自己。

十五、讲一讲对你来说最难的一次选择。你是怎样选择的？有没有后悔？

人生的道路分内外两个方面。外在的方面往往由命运、时代、环境、机遇决定，自己没有多少选择的主动权。因此，我基本上是顺其自然，很少主动去争取什么。内在的方面，精神的取向和历程，我相信在很大程度上自己是可以支配的，我会比较执着。

在人生的某种绝境中，真正发生的情况实际上不是难以选择，而是无可选择，所以也谈不上后悔。你应该知道我指的是什么。

十六、促使你成功的最重要的品质是什么？

我从来不觉得自己是一个成功人士。我自小比较自卑，没有出人头地的野心，今天所获得的这些外在的东西，所谓名声之类，完全超出了我的预期。如果这算是成功，那么，我能得到它们，也许正是因为我没有把它们太当一回事，至少没有当作自己的目标。现在我的总结是，把优秀当作第一目标，而把成功当作优秀的副产品，这可能是最恰当的态度，有助于一个人获取成功，或者坦然地面对不成功。

十七、你怎样处理工作中的人际关系？讲一个你认为好用的方法。

我给自己处理人际关系确立了一个原则，就是尊重他人，亲疏随缘。工作中的人际关系稍微麻烦一些，因为躲不开，常常还会影响自己的切身利益。不过，只要对利益超脱一点，这个原则仍然适用。

十八、学习或工作觉得倦怠的时候，你怎么办？

马上放下，看看闲书，听听音乐，去散步、游泳，或者和孩子玩。

十九、你是否遇到过危机，如何克服的？

人生难免遇到危机，情况各异，不可一概而论。大体上是，能主动应对当然好，若不能，就忍受它，等待它过去。

二十、如果你有机会可以做另外一种人，你想做什么人？过什么样的生活？

我曾和一个五岁男孩谈话，告诉他，我会变魔术，能把一个人变成一只苍蝇。他听了十分惊奇，问我能不能把他变成苍蝇，我说能。他陷入了沉思，然后问我，变成苍蝇后还能不能变回来，我说不能，他决定不让我变了。我也一样，想变成任何一种人，体验任何一种生活，包括国王、财阀、圣徒、僧侣、强盗、妓女等，甚至也愿意变成一只苍蝇，但前提是能够变回我自己。所以，归根结底，我更愿意是我自己。

最好的东西是什么？就是生命的单纯和灵魂的高贵。

“己所欲，勿施于人”

中外圣哲都教导我们：“己所不欲，勿施于人。”这是要我们将心比心，不把自己视为恶、痛苦、灾祸的东西强加于人。己所不欲却施于人，损人利己，把自己的快乐建立在别人的痛苦之上，这种行径当然是对别人的严重侵犯。然而，这只是事情的一个方面。

另一方面，自己视为善、快乐、幸福的东西，难道就可以强加于人了吗？要是别人并不和你一样认为它们是善、快乐、幸福，这样做岂不也是对别人的一种严重侵犯？在实际生活中，更多的纷争的确起于强求别人接受自己的趣味、观点、立场等。大至在信仰问题上，试图以自己所信奉的某种教义统一天下，甚至不惜为此发动战争。小至在思维方式上，在生活习惯上，在艺术欣赏上，在文学批评上，人们很容易以自己所是为是，斥别人所是为非。即使在一个家庭的内部，夫妇间改造对方趣味的斗争也是屡见不鲜的。

事情的这一个方面往往遭到了忽视。人们似乎认为，以己不欲施于人是明显的恶，出发点就是害人，以己所欲施于人的动机却是好的，是为了助人、救人、造福于人。殊不知在人类历史上，以救世主自居的世界征服者们造成的苦难远远超过普通的歹徒。我们应该记住，己所欲未必是人所欲，同样不可施于人。如果说“己所不欲，勿施于人”是一个文明人的起码品德，它反对的是对他人的故意伤害，主张自己活也让别人活，那么，“己所欲，勿施于人”便是一个文明人的高级修养，它尊重的是他人的独立人格和精神自由，进而提倡自己按自己的方式活，也让别人按别人的方式活。

现代社会是一个价值多元的社会，在遵守法律的前提下，人们在精神信仰领域和私生活领域都享有了越来越多的自由。在我看来，这是一个合理化的进程，而那些以己所欲施于人者则是这个进程中的消极因素，倘若他们被越来越多的人宣布为不受欢迎的人，我是丝毫不会感到意外的。

精神栖身于茅屋

如果你爱读人物传记，你就会发现，许多优秀人物生前都非常贫困。就说说那位最著名的印象派画家凡·高吧，现在他的一幅画已经卖到了几千万美元，可是，他活着时，他的一张画连一餐饭钱也换不回，经常挨饿，一生穷困潦倒，终致精神失常，在三十七岁时开枪自杀了。要论家境，他的家族是当时欧洲最大的画商，几乎控制着全欧洲的美术市场。作为一名画家，他有得天独厚的便利条件，完全可以像那些平庸画家那样迎合时尚以谋利，成为一个富翁，但他不屑于这么做。他说，他可不能把他唯一的生命耗费在给非常愚蠢的人画非常蹩脚的画上面，做艺术家并不意味着卖好价钱，而是要去发现一个未被发现的新世界。确实，凡·高用他的作品为我们发现了一个全新的世界，一个万物在阳光中按照同一节奏舞蹈的世界。另一个荷兰人斯宾诺莎是名垂史册的大哲学家，他为了保持思想的自由，宁可靠磨镜片的收人维持最简单的生活，谢绝了海德堡大学以不触犯宗教为前提要他去当教授的聘请。

我并不是提倡苦行僧哲学。问题在于，如果一个人太看重物质享受，就必然要付出精神上的代价。人的肉体需求是很有限的，无非是温饱，超于此的便是奢侈，而人要奢侈起来却是没有尽头的。温饱是自然的需求，奢侈的欲望则是不断膨胀的市场刺激起来的。你本来习惯于骑自行车，不觉得有什么欠缺，可是，当你看到周围不少人开上了汽车，你就会觉得你缺汽车，有必要也买一辆。富了总可以更富，事实上也必定有人比你富，于是你永远不会满足，不得不去挣越来越多的钱。这样，赚钱便成了你的唯一目的。即使你是画家，你哪里还顾得上真正的艺术追求；即使你是学者，你哪里还会在乎科学的良心？

所以，自古以来，一切贤哲都主张一种俭朴的生活方式，就是为了不当物质欲望的奴隶，保持精神上的自由。古罗马哲学家塞涅卡说得好：“自由人以茅屋为居室，奴隶才在大理石和黄金下栖身。”柏拉图也说：胸中有黄金的人是不需要住在黄金屋顶下面的。或者用孔子的话说：“君子居之，何陋之有？”我非常喜欢关于苏格拉底的一个传说，这位被尊称为“师中之师”的哲人在雅典市场上闲逛，看了那些琳琅满目的货摊后惊叹：“原来我不需要的东西有这么多啊！”的确，一个热爱精神事物的人必定是淡然于物质的奢华的，而一个人如果安于简朴的生活，他即使不是哲学家，也相去不远了。

心灵土壤

在人类的精神土地上，不乏好的种子。那撒种的人，也许是神、大自然的精灵、古老大地上的民族之魂，也许是创造了伟大精神作品的先哲和天才。这些种子的确有数不清的敌人，包括外界的邪恶和苦难，以及我们心中的杂念和贪欲。然而，最关键的还是我们内在的悟性。唯有对于适宜的土壤来说，一颗种子才能作为种子而存在。再好的种子，落在顽石上也只能成为鸟的食粮，落在浅土上也只能长成一株枯苗。对于心灵麻木的人来说，一切神圣的启示和伟大的创造都等于不存在。

基于这一认识，我相信，不论时代怎样，一个人都可以获得精神生长的必要资源，因为只要你的心灵土壤足够肥沃，那些神圣和伟大的种子对于你就始终是存在着的。所以，如果你自己随波逐流，你就不要怨怪这是一个没有信仰的时代了；如果你自己见利忘义，你就不要怨怪这是一个道德沦丧的时代了；如果你自己志大才疏，你就不要怨怪这是一个精神平庸的时代了；如果你的心灵一片荒芜，寸草不长，你就不要怨怪害鸟啄走了你的种子，毒日烤焦了你的幼苗了。

那么，一个人有没有好的心灵土壤，究竟取决于什么呢？我推测，一个人的精神疆土的极限，心灵土质的特异类型，很可能是由天赋的因素决定的。因此，譬如说，像歌德和贝多芬那样的古木参天的原始森林般的精神世界，或者像王尔德和波德莱尔那样的奇花怒放的精巧园艺般的精神世界，绝非一般人凭努力就能够达到的。但是，心灵土壤的肥瘠不会是天生的。不管上天赐给你多少土地，它们之成为良田沃土还是荒田瘠土，这多半取决于你自己。所以，我们每一个人都应当留心开垦自己的心灵土壤，让落在其上的好种子得以生根开花，在自己的内心培育出一片美丽的果园。谁知道呢，说不定我们自己结出的果实又会成为新的种子，落在别的适宜的土壤上，而我们自己在无意中也成了新的撒种人哩。

不要挡住我的阳光

一

公元前 323 年的某一天，亚历山大大帝在巴比伦英年早逝，年仅三十三岁。同一天，第欧根尼（约公元前 412—前 323）在科林斯寿终正寝，享年九十岁。这两人何其不同：一个是武功赫赫的世界征服者，行宫遍布欧亚，被万众呼为神；另一个是靠乞讨为生的穷哲学家，寄身在一只木桶里，被市民称作狗。相同的是，他们都名声远扬，是当年希腊世界最有名的两个人。

在两千多年后的今天，提起第欧根尼，人们仍会想到亚历山大，则是因为一个脍炙人口的故事。亚历山大巡游某地，遇见正躺着晒太阳的第欧根尼，这位世界之王上前自我介绍："我是大帝亚历山大。"哲学家依然躺着，也自报家门："我是狗儿第欧根尼。"大帝肃然起敬，问："我有什么可以为先生效劳的吗？”哲学家的回答是：“有的，就是——不要挡住我的阳光。”据说亚历山大事后感叹道：“如果我不是亚历山大，我就愿意做第欧根尼。”

这真是一个可爱的故事，大帝的威严和虚心，哲学家的淡泊和骄傲，皆跃然眼前。亚历山大二十岁登基，征服欧亚成为大帝更晚，推算起来，两人相遇时，第欧根尼已是垂暮老人了。这位哲学家年轻时的行状可并不光彩，与淡泊和骄傲才沾不上边呢。他是辛诺普城邦一个银行家的儿子，在替父亲管理银行时铸造伪币，致使父亲入狱而死，自己则被逐出了城邦。这是一个把柄，在他成为哲学家后，人们仍不时提起来羞辱他。他倒也坦然承认，反唇相讥：“那时候的我正和现在的你们一样，但你们永远做不到和现在的我一样。”前半句强词夺理，后半句却是真话。他还说了一句真话：“正是因为流放，我才成了一个哲学家。”紧接着又是一句强词夺理：“他们判我流放，我判他们留在国内。”

离开辛诺普后，第欧根尼是否还到过别的地方，我们不得而知，反正有一天他来到了雅典。正是在这里，他找到了一个老师，开始了他的哲学之旅。老师名叫安提斯泰尼，是苏格拉底的学生。如果说柏拉图从老师的谈话中学到了概念和推理的艺术，把它发展成了一种复杂的观念哲学，安提斯泰尼则从老师的行为中学到了简朴生活的原则，把它发展成了一种简单的人生哲学。对于后世来说，这两种哲学同样影响深远。安提斯泰尼身教重于言教，自己节衣缩食，免费招收贫穷学生，怕苦的学生一律被他的手杖打跑。第欧根尼来拜师时，他也举起了手杖，没想到这个犟脾气的青年把脑袋迎了上去，喊道：“打吧，打吧，不会有什么木头坚硬到能让我离开你，只要我相信你有以教我。”拜师自然是成功了，老师更没想到的是，他创立的犬儒主义哲学在这个曾被拒收的学生手上才成了正果。

我们不知道第欧根尼在雅典活动了多久，只知道他的生活后来发生了一个转折。在一次航行中，他被海盗俘虏，海盗把他送到克里特的奴隶市场上拍卖。拍卖者问他能做什么，回答是：“治理人。”看见一个穿着精美长袍的科林斯人，他指着那个人说：“把我卖给这个人吧，他需要一个主人。”又朝那人喊道：“过来吧，你必须服从我。”这个名叫塞尼亚得的人当真把他买下，带回了科林斯。第欧根尼当起了家庭教师和管家，把家务操持得井井有条，教出的孩子个个德才兼备，因此受到了全家人的尊敬。他安于这个角色，一些朋友想为他赎身，被他骂为蠢货。他的道理是，对于像他这样的人，身份无所谓，即使身为奴隶，心灵仍是自由的。他在这个家庭里安度晚年，死后由塞尼亚得的儿子安葬。

犬儒派哲学家主张人应该自己决定死亡的时间和地点，第欧根尼是第一个实践者。据说他是用斗篷裹紧自己，屏息而死的。他太老了，这家人待他太好了，时间和地点都合适。科林斯人在他的墓前竖一根立柱，柱顶是一只大理石的狗头。从前驱逐他的辛诺普人也终于明白，与这位哲学家给母邦带来的荣耀相比，铸造伪币的前科实在是小事一桩，便在家乡为他建造了一座青铜雕像，铭文写得很慷慨也很准确：“时间甚至可以摧毁青铜，但永远不能摧毁你的光荣，因为只有你向凡人指明了最简单的自足生活之道。”

二

在拉尔修的《名哲言行录》中，归在第欧根尼名下的有哲学著作十四种、悲剧七种，但拉尔修同时指出，第欧根尼也可能没有留下任何著作。从他那种露宿乞讨的生活方式看，后一种说法似乎更可信。事实上，犬儒派哲学家的确不在乎著书立说，更重视实践一种生活原则。

如同中国的老子，犬儒派哲学家是最早的文明批判者。他们认为，文明把人类引入了歧途，制造出了一种复杂的因而是错误的生活方式。人类应该抛弃文明，回归自然，遵循自然的启示，过简单的也就是正确的生活。第欧根尼尤其谴责对金钱的贪欲，视之为万恶之源。鉴于他曾经铸造伪币，我们可以把这看作一种忏悔。仿佛为了找补，他又强调，他最瞧不起那些声称蔑视金钱却又嫉妒富人的人——不知道他是否指当年驱逐他的人。不过，我们或许同意，嫉妒是一块试金石，最能试出蔑视金钱的真假，嫉妒者的心比谁都更为金钱痛苦。人应该训练自己达于一种境界，对于物质的快乐真正不动心，甚至从鄙视快乐中得到更大的快乐。苏格拉底的另一个学生阿里斯提波创立享乐主义，他的理论可概括为："我役物，而不役于物。"一个人不妨享受物质，同时又做到不被物质支配。安提斯泰尼好像不这么自信，转而提倡禁欲主义，他的理论可概括为："我不役物，以免役于物。"一个人一旦习惯于享受物质，离被物质支配就不远了。两人好像都有道理，从世间的实例看，安提斯泰尼更有道理一些。无论如何，财富的获取、保存、使用都是伤神的事情，太容易破坏心境的宁静。我们对物质的需求愈少，精神上的自由就愈多。第欧根尼喜欢说："一无所需是神的特权，所需甚少是类神之人的特权。”

犬儒派哲学家是最早的背包客，从安提斯泰尼开始，他们的装束就有了定式，都是一件斗篷、一根手杖、一个背袋。安提斯泰尼的斗篷还很破烂，以至于苏格拉底忍不住说：“我透过你斗篷上的破洞看穿了你的虚荣。”相当一些犬儒派哲学家是素食主义者，并且滴酒不沾，只喝冷水。第欧根尼曾经有居室和仆人，仆人逃跑了，他不去追赶，说：“如果仆人离开第欧根尼可以活，而第欧根尼离开仆人却不能活，未免太荒谬了。”从此不用仆人。盗贼入室，发现他独自一人，问：“你死了谁把你抬出去埋葬呢？”他回答：“想要房子的人。”后来他连居室也不要了，住在一只洗澡用的木桶里，或者对折斗篷为被褥，席地而睡，四处为家。有一回，看见一个小孩用手捧水喝，他自惭在简朴上还不如孩子，把水杯从背袋里拿出来扔了。他在锻炼吃苦方面颇下功夫，夏天钻进木桶在烫沙上滚动，冬天光脚在雪地上行走，或者长久抱住积雪的雕像，行为很像苦修士，却又是一个无神论者。

对于这个一心退回自然界的哲学家来说，动物似乎成了简单生活的楷模。他当真模仿动物，随地捡取食物，一度还尝试吃生肉，因为不消化而作罢。他的模仿过了头，竟至于在光天化日之下交配，在众目睽睽之下自慰，还无所谓地说：“这和用揉胃来解除饥饿是一回事。”他振振有词地为自己的伤风败俗之行辩护：凡大自然规定的事皆不荒谬，凡不荒谬的事在公共场所做也不荒谬。既然食欲可以公开满足，性欲有何不可？自然的权威大于习俗，他要以本性对抗习俗。他反对的习俗也包括婚姻，在他眼里，性是最自然的，婚姻却完全是多余的。问他何时结婚合适，回答是：“年轻时太早，年老时太晚。”婚姻往往还是“战争之后的结盟”，其中有太多的利益计较。他主张通过自由恋爱和嫖妓来解决性的需要，并且身体力行。有人指责他出入肮脏之处，他答：“太阳也光顾臭水沟，但从未被玷污。”如同柏拉图和斯多葛派的芝诺一样，共妻是他赞成的唯一婚姻形式，在这种形式下，财产和子女也必然共有，就断绝了贪婪的根源。

倘若今天我们遇见第欧根尼，一定会把他当作一个乞丐。他一身乞丐打扮，事实上也经常行乞，一开始是因为贫穷，后来是因为他的哲学。他乞讨的口气也像一个哲学家，基本的台词是：“如果你给过别人施舍，那也给我吧；如果还没有，那就从我开始吧。”不过，看来乞讨并非总是成功的，至少比不上残疾人，为此他尖刻地评论道：人们在施舍时之所以厚此薄彼，是“因为他们想到自己有一天可能变成跛子或瞎子，但从未想到会变成哲学家”。

安提斯泰尼经常在一个以犬命名的运动场与人交谈，据说犬儒派得名于此。但是，第欧根尼获得狗的绰号，大约与此无关，或者说是因为他自己的举止。他从地上捡东西吃，当众解决性欲，太像一条狗了，以至于像柏拉图这么文雅的人也称他是狗。他有时也欣然自称是狗，但更多的时候却愤愤不平。一群男童围着他，互相叮嘱：“当心，别让他咬着我们。”他尚能克制地说：“不用怕，狗是不吃甜菜根的。”在集市上吃东西，围观者喊：“狗！”他就忍不住回骂了：“你们盯着我的食物，你们才是狗！”在一次宴席上，有些人真把他当作狗，不断把骨头扔给他，他怒而报复，把一盆汤浇在了他们头上。对于狗的绰号之来由，他自己给出的最堂皇解释是：因为他“对施舍者献媚，对拒绝者狂吠，对无赖狠咬”。其实他的献媚常藏着讥讽，而遭他吠和咬的人倒真是不少。

三

犬儒派哲学家不但放浪形骸，而且口无遮拦，对看不惯的人和事极尽挖苦之能事。这成了他们的鲜明特色，以至于在西语中，“犬儒主义者”（cynic）一词成了普通名词，亦用来指愤世嫉俗者、玩世不恭者、好挖苦人的人。

安提斯泰尼即已十分蔑视一般人，听说有许多人在赞扬他，他叫了起来：“老天啊，我到底做了什么错事？”第欧根尼更是目中无“人”。他常常大白天点着灯笼，在街上边走边吆喝：“我在找人。”有人问他在希腊何处见过好人，他回答：没有，只在个别地方见过好的儿童。在奥林匹克运动会上，民众群情亢奋，他有时也会坐在那里，但似乎只是为了不错过骂人的好机会。传令官宣布冠军的名字，说这个人战胜了所有人，他大声反驳：“不，他战胜的只是奴隶，我战胜的才是人。”回家的路上，好奇者打听参加运动会的人是否很多，他回答：“很多，但没有一个可以称作人。”剧院散场，观众拥出来，他往里挤，人问为什么，他说：“这是我一生都在练习的事情。”他的确一生都在练习逆遵循习俗的大众而行，不把他们看作人，如入无人之境。

第欧根尼有一张损人的利嘴，一肚子捉弄人的坏心思。一个好面子的人表示想跟他学哲学，他让那人手提一条金枪鱼，跟在他屁股后面穿越大街小巷，羞得那人终于弃鱼而逃。一个狗仗人势的管家带他参观主人的豪宅，警告他不得吐痰，他立刻把一口痰吐在那个管家脸上，说：“我实在找不到更合适的痰盂了。”看见一个懒人让仆人给自己穿鞋，他说：“依我看，什么时候你失去了双手，还让仆人替你擦鼻涕，才算达到了完满的幸福。”看见一个轻薄青年衣着考究，他说："如果为了取悦男人，你是傻瓜，如果为了取悦女人，你是骗子。"看见一个妓女的孩子朝人堆里扔石头，他说："小心，别打着了你父亲。"这个促狭鬼太爱惹人，有一个青年必定是被他惹怒了，砸坏了他的大桶。不过，更多的雅典人好像还护着他，替他做了一个新桶，把那个青年鞭打了一顿。这也许是因为，在多数场合，他的刻薄是指向大家都讨厌的虚荣自负之辈的。他并不乱咬人，他咬得准确而光明正大。有人问他最厌恶被什么动物咬，他的回答是：谗言者和谄媚者。

第欧根尼的刀子嘴不但伸向普通人，连柏拉图也不能幸免。柏拉图是他的老师的同学，比他大二十多岁，可他挖苦起这位师辈来毫不留情，倒是柏拉图往往让他几分。他到柏拉图家做客，踩着地毯说："我踩在了柏拉图的虚荣心上。"有人指出他乞讨，柏拉图不乞讨，他借用《奥德修纪》中的句子说：柏拉图讨东西时"深深地埋下头，以致无人能够听见"。他经常用一种看上去很粗俗的方式与柏拉图辩论。柏拉图把人定义为双足无毛动物，他就把一只鸡的羽毛拔光，拎到讲座上说："这就是柏拉图所说的人。"针对柏拉图的理念论，他说："我看得见桌子和杯子，可是柏拉图呀，我一点儿也看不见你说的桌子的理念和杯子的理念。"为了反驳爱利亚学派否定运动的观点，他站起来夸张地到处走动。也许他是故意不按规则出牌，以此解构正在兴起的形而上学游戏。柏拉图对这个刺儿头一定颇感无奈，有人请他对第欧根尼其人下一断语，他回答："一个发疯的苏格拉底。"

几乎所有希腊哲学家都看不上大众宗教，犬儒派哲学家也如此。一个奥菲斯教派祭司告诉安提斯泰尼，教徒死后可获许多好处，他反问："你为什么不赶快死呢？"与此相似，有人也以死后可享特权为由劝第欧根尼入教，他回答道：如果俗人只因入教就享幸福，智者只因不入教就倒霉，死后的世界未免太荒唐了。一次海难的幸存者向神庙献了许多祭品，第欧根尼对此评论道："如果是遇难者来献祭的话，祭品就更多了。"看见一个女子跪在神像前祈祷，他对她说："善良的女人，神是无处不在的，难道你不怕有一个神就站在你背后，看见你的不雅姿势吗？"看见一些夫妻在向神献祭求子，他问道："可是你们不想求神保佑他成为怎样的人吗？"他常说："看到医生、哲学家、领航员，我就觉得人是最聪明的动物，看到释梦师、占卜家和他们的信徒，以及那些夸耀财富的人，我就觉得人是最愚蠢的动物。"在他看来，在宗教之中，除了美德的实践，其余都是迷信。人们往往不知道自己应该要什么，向神所求的都不是真正的好东西。说到底，德行本身就足以保证幸福，我们为善只应该为了善本身的价值，不应该为了邀神的奖赏或怕神的审判。

四

让我们回到第欧根尼与亚历山大相遇的时刻，他对大帝说出了那句著名的话："不要挡住我的阳光。"现在我们可以对这句话做一点也许不算牵强地诠释了。人在世上真正需要的是什么？无非是阳光——阳光是一个象征，代表自然给予人的基本赠礼，自然规定的人的基本需要，合乎自然的简朴生活。谁挡住了阳光？亚历山大——亚历山大也是一个象征，代表权力、名声、财富等一切世人所看重而其实并非必需的东西。不要挡住我的阳光——不要让功利挡住生命，不要让习俗挡住本性，不要让非必需挡住必需，这就是犬儒派留给我们的主要的哲学遗训。

除了简朴生活原理外，第欧根尼还有两个伟大发明。一是“世界公民”。有人问他来自何处，他答：“我是世界公民。”“世界公民”（cosmopolite）应该译作“宇宙公民”，“世界”并不限于人类居住的范围。在他之前，阿那克萨戈拉已把宇宙称作自己的祖国，第欧根尼也说“唯一的、真正的国家是宇宙”，因此“万物都是智慧之人的财产”。另一发明是“言论自由”。有人问世界上最好的东西是什么，他的回答便是“言论自由”。在这两个发明之间也许还有某种联系，世界公民当然不会囿于群体利益，而群体利益常是禁止言论自由的主要理由。所以，“不要挡住我的阳光”还可增加一个含义：不要让政治挡住哲学，不要让群体利益挡住思想自由。

对于那些想受教育却不想学哲学的人，安提斯泰尼有一妙比，说他们就好像一个人看上了女主人，为了图省事却只向女仆求爱。第欧根尼则直截了当地向他们责问道：“既然你不在意活得好不好，为什么还要活着呢？”哲学何以能使人活得好呢？依据第欧根尼之例，也许可以这样来理解——哲学能够使我们安心地躺在土地上晒太阳，享受身体和心灵的自由，而对一切妨碍我们这样做的东西说：“不要挡住我的阳光！”

我们每一个人都应当留心开垦自己的心灵土壤，让落在其上的好种子得以生根开花，在自己的内心培育出一片美丽的果园。

未经省察的人生没有价值

一

公元前 399 年春夏之交的某一天，雅典城内，当政的民主派组成一个五百零一人的法庭，审理一个特别的案件。被告是哲学家苏格拉底（公元前 469—前 399），此时年已七十，由于他常年活动在市场、体育场、手工作坊等公共场所，许多市民都熟悉他。审理在当天完成，结果是以不敬神和败坏青年的罪名判处死刑。这是人类历史上最怪诞的一页，一个人仅仅因为他劝说同胞过更好的生活，就被同胞杀害了。雅典是哲学的圣地，但看来不是哲学家的乐园，出身本邦的哲学家只有两个，苏格拉底被处死，年轻的柏拉图在老师死后逃到了国外。这又是人类历史上最光荣的一页，一个人宁死不放弃探究人生真理的权利，为哲学殉难，证明了人的精神所能达到的高度。

正因为出了苏格拉底，雅典才不愧是哲学的圣地。

多亏柏拉图的生花妙笔，把当年从审判到执行的整个过程栩栩如生地记述了下来，使我们今天得以领略苏格拉底在生命最后时刻的哲人风采。柏拉图师从苏格拉底十年，当时二十八岁，审判时在场，还上台试图为老师辩护，法官嫌他年轻把他轰了下来。评论家都承认，柏拉图太有文学才华，记述中难免有虚构的成分。他大约早就开始记录老师的言论，据说有一次朗读给苏格拉底听，苏格拉底听罢说道："我的天，这个年轻人给我编了多少故事！"尽管如此，评论家又都承认，由于他自己是大哲学家，能够理解老师，他的证词远比色诺芬所提供的可靠。色诺芬也是苏格拉底的学生，但毫无哲学天赋，审判时又不在场，老师死后，深为扣在老师头上的两个罪名苦恼，要替老师洗清，在回忆录中把苏格拉底描绘成一个虔敬守法的平庸之辈。英国学者伯奈特说："色诺芬为苏格拉底做的辩护实在太成功了，如果苏格拉底真是那个样子，就绝不会被判死刑。"英国哲学家罗素仿佛从中吸取了教训，表明态度："如果需要让人复述我的话，我宁愿选一个懂哲学的我的死敌，而不是一个不懂哲学的我的好友。"不过他倒不必有这个担忧，因为苏格拉底述而不作，他却惊人地多产，哪里还有别人复述的余地。

现在，我们主要依据柏拉图的记述，在若干细节上参考色诺芬的回忆，来察看这个案子的来龙去脉。原告有三人。跳在台前的是无名诗人美勒托，长一个鹰钩鼻，头发细长，胡须稀疏，一看就是个爱惹是生非的家伙。还有一个无名演说家，名叫莱康。实际主使者是皮匠安尼图斯，一个活跃的政客，终于当上了民主政权二首领之一。他的儿子是苏格拉底的热心听众，常常因此荒废皮革作业，使他十分恼火。在他政坛得势之后，苏格拉底曾挖苦他说：

“现在你用不着再让儿子做皮匠了吧。”更使他怀恨在心，遂唆使美勒托提起诉讼。事情的起因看上去小得不能再小，似乎是个别人泄私愤，何以竟能够掀起偌大波澜，终于要了苏格拉底的命？

其实，安尼图斯之流恼恨苏格拉底，多少代表了一般市民的情绪。苏格拉底喜在公共场所谈论哲学，内容多为质疑传统的道德、宗教和生活方式，听众又多是像安尼图斯的儿子这样的青年。雅典的市民是很保守的，只希望自己的孩子恪守本分，继承父业，过安稳日子。像苏格拉底这样整天招一帮青年谈论哲学，不务正业，在他们眼里就已经是败坏青年了，因此，一旦有人告状，他们很容易附和。当然，把一个哲学家——不管是不是苏格拉底——交给几百个不知哲学为何物的民众去审判，结局反正凶多吉少。

苏格拉底之处于劣势，还有一层原因，便是在场的审判员们早在年少时就听惯流言，形成了对他的成见。他对此心中有数，所以在申辩一开始就说，那些散布流言的人是更可怕的原告，因为他们人数众多，无名无姓，把他置于无法对质却又不得不自辩的境地。他说他只知道其中有一个喜剧作家，他未点名，不过谁都明白是指阿里斯托芬。二十四年前，阿里斯托芬在喜剧《云》中把苏格拉底搬上舞台，刻画成一个满口胡诌天体理论的自然哲学家和一个教青年进行可笑诡辩的智者。在观众心目中，前者所为正是不敬神，后者所为正是败坏青年，二者合并成丑化了的苏格拉底形象。真实的苏格拉底恰与二者有别，他把哲学从天上引回了人间，从言辞引向了实质，但观众哪里顾得上分辨。苏格拉底是阿里斯托芬的朋友，当年喜剧上演时，他还去捧场，台上的苏格拉底出场，观众席上的他凑趣地站起来亮相，实在憨得可以。他和阿里斯托芬大约都没有料到，爱看戏不爱动脑子的老百姓会把戏说当真，以讹传讹，添油加醋，终于弄到使他有口莫辩的地步。

二

平心而论，在审判之初，无论三个原告，还是充当判官的民众，都未必想置苏格拉底于死地。他们更希望的结果是迫使苏格拉底屈服，向大家认错，今后不再聚众谈论哲学，城邦从此清静。可是，苏格拉底仿佛看穿了他们的意图，偏不示弱，以他一向的风格从容议论，平淡中带着讥刺，雄辩而又诙谐。这种人格上和智力上的高贵真正激怒了听众，他申辩时，审判席上一阵阵骚动，矛盾越来越激化。

苏格拉底大约一开始就下定了赴死的决心。美勒托准备起诉的消息传开，有同情者见他毫不在乎，行为无异于往常，便提醒他应该考虑一下如何辩护，他回答："难道你不认为我一生都在做这件事，都在思考什么是正义，什么是非正义，在实行正义和避免非正义，除此之外什么也没有做吗？"他的确用不着准备，只需在法庭上坚持他一贯的立场就行了。当然，他完全知道，这样做的后果是什么。他比原告和法官更清醒地预见到了结局，审判实质上是遵照他的意志进展的。他胸有成竹，一步步把审判推向高潮，这高潮就是死刑判决。

按照程序，审判分两段。第一段是原告提出讼词，被告提出辩护，审判员投票表决是否有罪。在这一段，苏格拉底回顾了自己从事街头哲学活动的起因和经历，断言这是神交给他的使命。人们的愤恨本来集中在这件事上，倘若他想过关，至少该稍稍显示灵活的态度，他却一点余地不留，宣布道：

“神派我一生从事哲学活动，我却因怕死而擅离职守，这才荒谬。雅典人啊，我敬爱你们，可是我要服从神过于服从你们。只要我一息尚存，就决不放弃哲学。”他把自己比作一只牛虻，其职责是不停地叮咬人们，唤醒人们，使人们对专注于钱财和荣誉、不在意智慧和灵魂的生活感到羞愧。

原则不肯放弃，还有一个方法能够影响判决。按雅典的惯例，被告的妻儿可以到庭恳求轻判，这种做法往往有效。苏格拉底有妻子，有三个儿子，其中两个还年幼，但他不让他们到庭。他不屑于为此，讽刺说：“我常见有声望的人受审时做出这种怪状，演这种可怜戏剧，他们是邦国之耻。”

投票的结果是以二百八十一票比二百二十票宣告他有罪。票数相当接近，说明在场不少人还是同情他的。审判进入第二段，由原告和被告提议各自认为适当的刑罚，审判员进行表决，在二者中择一。美勒托提议判处死刑。苏格拉底说：“我提议用什么刑罚来代替呢？像我这样对城邦有贡献的人，就判我在专门招待功臣和贵宾的国宾馆用餐吧。”说这话是存心气人，接下来他有些无奈地说：我每日讨论道德问题，省察自己和别人，原是于人最有益的事情。可是，一天之内就判决死刑案件，时间太短，我已无法让你们相信一个真理了，这个真理就是“未经省察的人生没有价值”。

要逃避死刑，有一个通常的办法，就是自认充分的罚款。只要款额足够大，审判员往往宁愿选择罚款而不是死刑。说到这一层，苏格拉底表示，他没有钱，或许只付得起一个银币。这是事实，他荒废职业，整日与人谈话，又从不收费，怎能不穷？不过，他接着表示，既然在场的柏拉图、克里托等人愿为他担保，劝他认三十个银币，他就认这个数吧。这个数也很小，加上他的口气让人觉得是轻慢法庭，把审判员们有限的同情也消除了。人们终于发现，最省事的办法不是听他的劝反省自己，而是把这个不饶人的家伙处死。

判决之后，苏格拉底作最后的发言。他说：我缺的不是言辞，而是厚颜无耻，哭哭啼啼，说你们爱听的话。你们习惯看到别人这样，但这种事不配我做。“逃死不难，逃罪恶难，罪恶追人比死快。我又老又钝，所以被跑慢的追上，你们敏捷，所以被跑快的追上。我们各受各的惩罚，合当如此。”然后，又以他特有的反讽委托判官们一件事：“我儿子长大后，如果关注钱财先于德行，没有出息而自以为有出息，请责备他们，一如我之责备你们。”这篇著名辩词用一句无比平静的话结束：“分手的时候到了，我去死，你们去活，谁的去路好，唯有神知道。”

三

每年的德利阿节，雅典政府要派出朝圣团乘船渡海，去阿波罗诞生地德洛斯祭祀，法律规定朝圣团未返回就不得行刑。对苏格拉底的审判是在船出发的第二天进行的，因此他必须在监狱里等候一些日子。趁着船没有回来，让我们就近观察一下这位哲学家，回顾一下他的身世和行状。

首先引起我们注意的是他的奇特长相。虽然他生在雅典，却完全不像是一个希腊人。他有一张扁平脸，一个宽大的狮鼻，两片肥厚的嘴唇。这张脸丑得如此与众不同，以至于一个会看相的异邦人路过雅典，看见了他，当面说他是一个怪物。他有一个大肚子，但身体壮实，与人谈话时总是侧低着头，目光炯炯，像一头公牛。

他出身贫贱，父亲是雕刻匠，母亲是接生婆。子承父业，他自己年轻时也以雕刻为业，据说雅典卫城入口处的美惠女神群像就是他的作品。不过，他对这门行业颇有微词，嘲笑雕刻匠尽力把石块雕刻得像人，在自己身上却不下功夫，结果使自己看上去像是石块而不是人了。为了维持起码的生计，他大约仍不免要雕刻石块，但更多的时候干起了雕刻人的灵魂的行当。在相同的意义上，他还继承了母业，乐于做思想的接生婆。

不像当时和后来的许多哲学家抱定独身主义，他在婚姻问题上倒是随大流的，而且娶了两个老婆。第一个老婆克珊西帕为他生有一子，后来，据说是因为战争，雅典人口锐减，当局允许讨小老婆，他又娶了法官的女儿密尔多，再得二子。克珊西帕是有名的泼妇，一个众所周知的故事是，一次苏格拉底在挨了一顿臭骂之后，克珊西帕又把一盆脏水扣在他的头上，而他只是轻描淡写地自嘲道："我不是说过，克珊西帕的雷声会在雨中结束？"他如此解释与悍妇相处的好处：一旦驯服了烈马，别的马就好对付了；与克珊西帕在一起，他学会了调整自己，从而可以适应任何人。其实他心里明白，和他这样一个不顾家计的人过日子，当妻子的并不容易，所以常常在挨骂后承认骂得有理。他是通情达理的，大儿子忍受不了母亲的坏脾气，向他抱怨，他总是站在母亲的立场上好言规劝。

苏格拉底的家境必定十分清贫。他在法庭上说："多少年来，我抛开自己的一切事务，只为你们忙，不取报酬，我的贫穷就是证据。"这一点无可怀疑。他自称"业余哲学研究者"，与人谈话只是出于爱好，任何人想听就听，自己不要老师的身份，所以也就不收费。当时一班智者靠哲学赚钱，他对此感到震惊，说自称教导德行的人怎么能索取金钱为报酬。他也决不收礼，认为一个人向任何人收取金钱，就是给自己树立了一个主人，把自己变成了奴隶。

对于来自显贵和国王的邀请及礼物，他一概拒绝。一个有钱有势的崇拜者要送他一大块地盖房，他问道：“假如我需要一双鞋子，你为此送给我一整张兽皮，而我竟然接受，岂不可笑？”其实他连鞋子也不需要，无论冬夏都光着脚丫，穿一件破衣。这也许有穷的原因，但更多是为了锻炼吃苦耐劳的能力。

苏格拉底的学生安提斯泰尼创立犬儒哲学，主张把物质需要减到最低限度，以求获得最大限度的精神自由。这个思想实际上肇始于苏格拉底。他常说，别人是为了吃而活，他是为了活而吃。他偶尔也出席朋友们的宴会，而且酒量无敌，但平时节制饮食，讨厌大吃大喝。荷马史诗《奥德修纪》中的女巫喀耳刻用巫术把俄底修斯的同伴们变成了猪，他提出歪解：喀耳刻是通过大摆宴席把人变成猪的。有一天，他逛雅典市场，看完后叹道：“原来我不需要的东西有这么多啊！”智者安提丰问他：“哲学家理应教人以幸福，你却吃最粗陋的食物，穿最褴褛的衣服，岂不是在教人以不幸吗？”他答道：“正相反，一无所需最像神，所需越少越接近于神。”

不过，他虽然鄙视物质，却十分注意锻炼身体。其实二者都是为了做身体的主人，使它既不受物欲牵制，又能应付严酷的环境。每天早晨，他都去体育场锻炼，身体健壮超于常人。雅典流行好几场瘟疫，他都是没有被感染的人。他的后半生在长达二十七年的伯罗奔尼撒战争中度过，参加过三次战役，他的强壮体魄——当然，还有他的勇敢——在战争环境中显出了优势。据当时与他一起参战的青年阿尔基比亚德回忆，他的身体具有惊人的适应能力，食品匮乏时比谁都能忍饥，供应充足时又比谁都吃得多。酷寒中，别人皆以毛毡裹身，他却光脚走在冰上。一次战败，全军溃逃，只有他一人从容撤退。他是重装步兵，身上挂满辎重，“昂首阔步，斜目四顾”，一看就不是好惹的，敌人也就不敢惹他。他还单独杀进重围，救出受伤的阿尔基比亚德，事后颁奖，又把奖章让给了阿尔基比亚德。

作为一个哲学家，苏格拉底抱定宗旨，不参与政治。然而，一旦违心地被卷入，他必站在一个正直公民的立场上坚持正义。六十三岁时，他曾代表本族人进入元老院，且在某一天值班当主席。这是他一生中唯一的一次做“官”。当时，雅典海军打了一个胜仗，撤退时，因狂风突起，未能收回阵亡士兵的尸体，人民群情激愤，要求集体判处为首的十将军死刑。就在他当主席的那一天，这个提案交到法庭，他冒犯众怒予以否决。可惜第二天别人当主席，十将军仍不免于死。若干年后，僭主上台，命他和另外四人去捉一个富翁来处死，别人都去了，唯有他抗命。

由上面勾画的轮廓，我们可以看到，苏格拉底具有自制、厚道、勇敢、正直等种种一般人也都称道的美德，这样一个人应该是人缘很好的。最后竟至于遇难，看来只能归因于他喜谈哲学了，似乎全是那张嘴惹的祸。那么，我们且看那张嘴究竟说了些什么，会惹下杀身之祸。

四

按照西塞罗的说法，苏格拉底是第一个将哲学从天上召唤到地上来的人，他使哲学立足于城邦，进入家庭，研究人生和道德问题。这个评价得到了后世的公认。苏格拉底之前的哲学家，从泰勒斯到阿那克萨戈拉，关心的是宇宙，是一些自然哲学家和天文学家。据他自述，他年轻时也喜欢研究自然界，后来发现自己天生不是这块料。所谓不是这块料，大约不是指能力，应是指气质。

他责问那些眼睛盯着天上的人，他们是对人类的事情已经知道得足够多了呢，还是完全忽略了。他主张，研究自然界应限于对人类事务有用的范围，超出这个范围既不值得，也不应该。之所以不应该，是因为人不可去探究神不愿显明的事，违背者必受惩罚，阿那克萨戈拉就因此丧失了神智。

苏格拉底的思想发生根本转折，是在四十岁上下的时候。他在申辩中谈到了转折的缘由。有一回，他少年时代的朋友凯勒丰去德尔斐神庙求神谕，问是否有人比苏格拉底更智慧，神谕答复说没有。苏格拉底闻讯大惊，认为不可能，为了反驳神谕，他访问了雅典城内以智慧著称的人，包括政客、诗人、手工艺人。结果发现，这些人都凭借自己的专长而自以为是，不知道自己实际上很无知。于是他明白了：同样是无知，他们以不知为知，我知道自己一无所知，在这一点上我的确比他们智慧。由此进一步悟到，神谕的意思其实是说：真正的智慧是属于神的，人的智慧微不足道，在人之中，唯有像苏格拉底那样知道这个道理的人才是智慧的。从此以后，他便出没于公共场所，到处察访自以为智的人，盘问他们，揭露其不智，以此为神派给他的“神圣的使命”。“为了这宗事业，我无暇顾及国事家事；因为神服务，我竟至于一贫如洗。”而一帮有闲青年和富家子弟也追随他，效仿他这样做，使他得了一个蛊惑青年的坏名声。

苏格拉底盘问人的方式是很气人的。他态度谦和，仿佛自己毫无成见，只是一步一步向你请教，结果你的无知自己暴露了出来。这往往使被问的人十分狼狈。欣赏者说，他装傻，其实一大肚子智慧。怨恨者说，他是虚假的谦卑。常常有人忍无可忍，把他揍一顿，甚至扯掉他的头发，而他从不还手，耐心承受。最气人的一点是，他总是在嘲笑、质问、反驳别人，否定每一个答案，但是，直到最后，他也没有拿出一个自己的答案来。确有许多人向他提出了这一责备，并为此发火。他对此的辩解是："神迫使我做接生婆，但又禁止我生育。"这一句话可不是自谦之词，而是准确地表达了他对哲学的功能的看法。

上面说到，苏格拉底是从自知其无知开始他特有的哲学活动的。其实，在他看来，一切哲学思考都应从这里开始。知道自己一无所知，这是爱智慧的起点。对什么无知？对最重要的事情，即灵魂中的事情。人们平时总在为伺候肉体而活着，自以为拥有的那些知识，说到底也是为肉体的生存服务的。因此，必须向人们大喝一声，让他们知道自己对最重要的事情其实一无所知，内心产生不安，处于困境，从而开始关心自己的灵魂。"认识你自己"——这是铭刻在德尔斐神庙上的一句箴言，苏格拉底用它来解说哲学的使命。"认识你自己"就是认识你的灵魂，因为"你自己"并不是你的肉体，而是你的灵魂，那才是你身上神圣的东西，是使你成为你自己的东西。

灵魂之所以是神圣的，则因为它是善和一切美德的居住地。因此，认识自己也就是要认识自己的道德本性。唯有把自己的道德本性开掘和实现出来，过正当的生活，才是作为人在生活。美德本身就是幸福，无须另外的报偿。恶人不能真正伤害好人，因为唯一真正的伤害是精神上的伤害，这只能是由人自己做的坏事造成的。在斯多葛派那里，这个德行即幸福的论点发展成了全部哲学的基石。康德用道德法则的存在证明人能够为自己的行为立法，进而证明作为灵魂的人的自由和尊严，这个思路也可在苏格拉底那里找到渊源。

人人都有道德本性，但人们对此似乎懵懂不知。苏格拉底经常向人说：让一个人学习做鞋匠、木匠、铁匠，人们都知道该派他去哪里学，让一个人学习过正当的生活，人们却不知道该把他派往哪里了。这话他一定说过无数遍，以至于在三十僭主掌权时期，政府强令他不许和青年人谈论，理由便是“那些鞋匠、木匠、铁匠什么的早已经被你说烂了”。其实他是在讽刺人们不关心自己的灵魂，因为在他看来，该去哪里学习美德是清清楚楚的，无非仍是去自己的灵魂中。原来，灵魂中不但有道德，而且有理性能力，它能引领我们认识道德。人们之所以过着不道德的生活，是因为没有运用这个能力，听任自己处在无知之中。在此意义上，无知就是恶，而美德就是知识。

至于如何运用理性能力来认识道德，苏格拉底的典型方法是辩证法，亦即亚里士多德视为他的主要贡献的归纳论证和普遍性定义。比如说，他问你什么是美德，你举出正义、节制、勇敢、豪爽等，他就追问你，你根据什么把这些不同的东西都称作美德，迫使你去思考它们的共性，寻求美德本身的定义。为了界定美德，你也许又必须谈到正义，他就嘲笑你仍在用美德的一种来定义整个美德。所有这类讨论几乎都不了了之，结果只是使被问者承认对原以为知道的东西其实并不知道，但苏格拉底也未能为所讨论的概念下一个满意的定义。从逻辑上说，这很好解释，因为任何一个概念都只能在关系中被界定，并不存在不涉及其他概念的纯粹概念。但是，苏格拉底似乎相信存在着这样的概念，至少存在着纯粹的至高的善，它是一切美德的终极根源和目标。

现在我们可以解释苏格拉底式辩证法的真正用意了。他实际上是想告诉人们，人心固有向善的倾向，应该把它唤醒，循此倾向去追寻它的源头。然而，一旦我们这样做，便会发现人的理性能力的有限，不可能真正到达那个源头。只有神能够认识至高的善，人的理性只能朝那个方向追寻。因此，苏格拉底说：唯有神是智慧的，人只能说是爱智慧的。不过，能够追寻就已经是好事，表明灵魂中有一种向上的力量。爱智慧是潜藏在人的灵魂中的最宝贵特质，哲学的作用就是催生这种特质。这便是苏格拉底以接生婆自居的含义。但哲学家不具备神的智慧，不能提供最后的答案，所以他又说神禁止他生育。

苏格拉底所寻求的普遍性定义究竟是观念还是实存，他所说的神究竟是比喻还是实指，这是一个复杂的问题，我不想在这里讨论。在我看来，其间的界限是模糊的，他也无意分得太清。他真正要解决的不是理论问题，而是实践问题，即怎样正当地生活。宗教家断言神的绝对存在，哲学家则告诉我们，不管神是否存在，我们都要当作它是存在的那样生活，关心自己的灵魂，省察自己的人生，重视生活的意义远过于生活本身。

五

现在让我们回到被判了死刑的苏格拉底身边，他已经在狱中待了快一个月了。在此期间，他生活得平静而愉快，与平时没有一点不同。在生命的最后时日，他还突发了文艺的兴趣，把《伊索寓言》改写成韵文，写了一首阿波罗颂诗。许多富裕朋友想出资帮助他逃亡，均被拒绝，他问道："你们是否知道有什么死亡不会降临的地方？"一个崇拜者诉说："看到你被这样不公正地处死，我太受不了。"他反问："怎么，难道你希望看到我被公正地处死吗？"

监禁第二十八天，有人看见那艘催命船已经开过了附近一个城市，他的老朋友克里托得到消息，天不亮就来到监狱，看见他睡得很香。等他醒来，克里托作最后的努力，劝他逃亡。他举出了种种理由，诸如别人会怪自己不尽力，使自己名誉受污，你遗下孤儿，未尽为父的责任，等等，皆被驳斥。苏格拉底强调，虽然判决是不公正的，但逃亡是毁坏法律，不能以错还错，以恶报恶。

第三十天，行刑的通知下达，若干最亲近的朋友到狱中诀别。克珊西帕抱着小儿子，正坐在苏格拉底身边，看见来人，哭喊起来："苏格拉底啊，这是你和朋友们的最后一次谈话了！"苏格拉底马上让克里托找人把她送走。然后，他对朋友们说："我就要到另一个世界去了，谈谈那边的事，现在正是时候，也是现在可做的最合适的事。"整篇谈话围绕着死亡主题，大意是：哲学就是学习死，学习处于死的状态。真正的哲学家一直在练习死，训练自己在活着时就保持死的状态，所以最不怕死。为什么这么说呢？因为死无非是灵魂与肉体相脱离，而哲学所追求的正是使灵魂超脱肉体。灵魂不受肉体包括它的欲望和感觉的纠缠，在平静中生存，只用理性追求真理，它的这种状态就叫智慧。不过，活着时灵魂完全超脱肉体是不可能的，所以得不到纯粹的智慧，唯有死后才能得到。

转述到这里，我们不得不提出一个疑问：上述见解要成立，前提是灵魂不随肉体一同死亡，苏格拉底相信灵魂不死吗？似乎是相信的，他做了种种论证，包括：生死互相转化，灵魂若死灭就不能再转为生；认识即回忆，证明灵魂在出生之前已存在；灵魂占有了一个东西，这个东西才有生命，可知灵魂与死不相容。接着他大谈灵魂的修炼、轮回和业报，哲学家的灵魂已经修炼得十分纯洁，因此死后将与天神交往。很难相信这是苏格拉底本人的思想，恐怕多半是柏拉图从东方教义中听来而安在老师头上的。法庭申辩时的一句话透露了苏格拉底的真实想法："没有人知道死后的情形，大家却怕死，仿佛确知死是最坏境界。我本人绝不害怕和躲避好坏尚不知的境界甚于明知是坏的境界。"我们至少可以相信，他是怀着快乐的心情迎接死亡的。人们常把天鹅的绝唱解释为悲歌，他却说，它们是预见到另一个世界的幸福就要来临，所以唱出了生平最欢乐的歌。他的临终谈话正是一曲天鹅的绝唱。

最后的时刻来临了。克里托问他："我们怎么葬你？"他答："如果你能抓住我，随你怎么葬。"然后对其余人说："他以为我只是一会儿就要变成尸体的人，还问怎么葬我。喝下了毒药，我就不在这里了。"说完便去洗澡，回来后，遵照狱吏的嘱咐喝下毒药。众人一齐哭了起来，他责备道："你们这些人真没道理。我把女人都打发走，就为了不让她们做出这等荒谬的事来。"在咽气前，他说了最后一句话："克里托，别忘了向医药神阿斯克勒庇俄斯献祭一只公鸡。"这个喜嘲讽的灵魂在脱离他所蔑视的肉体之际，还忍不住要与司肉体治疗的神灵开一个玩笑。

苏格拉底的悲剧就此落下帷幕，柏拉图在剧终致辞："在我们所认识的人中，他是最善良、最有智慧、最正直的人。"的确，不管人们对他的学说作何评价，都不能不承认他为后世树立了人生追求上和人格上的典范。据说在他死后，雅典人忏悔了，给他立了雕像，并且处死了美勒托，驱逐了安尼图斯。也有人指出，所谓惩处了控告者纯属捏造。不过，这些都已经不重要了。重要的是，让我们记住苏格拉底的遗训，关心自己的灵魂，度一个有价值的人生。

人生最美好的享受，包括创造、沉思、艺术欣赏、爱情、亲情等，都非金钱所能买到。原因很简单，所有这类享受皆依赖于心灵的能力，而心灵的能力是与钱包的鼓瘪毫不相干的。

第三章 享受生命本身

人在爱时都太容易在乎被爱，视为权利，在被爱时又都太容易看轻被爱，受之当然。如果反过来，有爱心而不求回报，对被爱知珍惜却不计较，人就爱得有尊严，活得有气度了。

享受生命本身

一

人生有许多出于自然的享受，例如爱情、友谊、欣赏大自然、艺术创造等，其快乐远非虚名浮利可比，而享受它们也并不需要太多的物质条件。我把这类享受称作对生命本身的享受。

二

有钱又有闲当然幸运，倘不能，退而求其次，我宁做有闲的穷人，不做有钱的忙人。我爱闲适胜于爱金钱。金钱终究是身外之物，闲适却使我感到自己是生命的主人。

有人说："有钱可以买时间。"这话当然不错。但是，如果大前提是"时间就是金钱"，买得的时间又追加为获取更多金钱的资本，则一生劳碌便永无终时。

所以，应当改变大前提：时间不仅是金钱，更是生命，而生命的价值是金钱无法衡量的。

三

人们不妨赞美清贫，却不可讴歌贫困。人生的种种享受是需要好的心境的，而贫困会剥夺好的心境，足以扼杀生命的大部分乐趣。

金钱的好处便是使人免于贫困。

但是，在提供积极的享受方面，金钱的作用极其有限。人生最美好的享受，包括创造、沉思、艺术欣赏、爱情、亲情等，都非金钱所能买到。原因很简单，所有这类享受皆依赖于心灵的能力，而心灵的能力是与钱包的鼓瘪毫不相干的。

四

只有一次的生命是人生最宝贵的财富，但许多人宁愿用它来换取那些次宝贵或不甚宝贵的财富，把全部生命耗费在学问、名声、权力或金钱的积聚上。他们临终时当如此悔叹："我只是使用了生命，而不曾享受生命！"

五

一个人可以凭聪明、勤劳和运气挣许多钱，但如何花掉这些钱却要靠智慧了。如何花钱比如何挣钱更能看出一个人的品位高低。

六

金钱，消费，享受，生活质量——当我把这些相关的词排列起来时，我忽然发现它们好像有一种递减关系：金钱与消费的联系最为紧密，与享受的联系要弱一些，与生活质量的联系就更弱。因为至少，享受不限于消费，还包括创造，生活质量不只看享受，还要看承受苦难的勇气。在现代社会里，金钱的力量当然是有目共睹的，但是这种力量肯定没有大到足以修改我们对生活的基本理解。

七

生活质量的要素：一、创造；二、享受；三、体验。

八

在五光十色的现代世界中，让我们记住一个古老的真理：活得简单才能活得自由。

九

一切奢侈品都给精神活动带来不便。

十

天地悠悠，生命短促，一个人一生的确做不成多少事。明白了这一点，就可以善待自己，不必活得那么紧张匆忙了。但是，也正因为明白了这一点，就可以不抱野心，只为自己高兴而好好做成几件事了。

十一

世上有味之事，包括诗、酒、哲学、爱情，往往无用。吟无用之诗，醉无用之酒，读无用之书，钟无用之情，终于成一无用之人，却因此活得有滋有味。

十二

光阴似箭，然而只是对于忙人才如此。日程表排得满满的，永远有做不完的事，这时便会觉得时间以逼人之势驱赶着自己，几乎没有喘息的工夫。

相反，倘若并不觉得有非做不可的事情，心静如止水，光阴也就停住了。永恒是一种从容的心境。

一个人的实力未必表现为在名利山上攀登，真有实力的人还能支配自己的人生走向，适时地退出竞赛，省下时间来做自己喜欢做的事，享受生命的乐趣。

善良·丰富·高贵

如果我是一个从前的哲人，来到今天的世界，我会最怀念什么？一定是这六个字：善良，丰富，高贵。

看到医院拒收付不起昂贵医疗费的穷人，听凭危急病人死去；看到商人出售假药和伪劣食品，制造急性和慢性的死亡；看到矿难频繁，矿主用工人的生命换取高额利润；看到每天发生的许多凶杀案，往往为了很少的一点钱或一个很小的缘由夺走一条命……我为人心的冷漠感到震惊，于是我怀念善良。

善良，生命对生命的同情，多么普通的品质，今天仿佛成了稀有之物。中外哲人都认为，同情是人与兽的区别的开端，是人类全部道德的基础。没有同情，人就不是人，社会就不是人待的地方。人是怎么沦为兽的？就是从同情心的麻木和死灭开始的，由此下去可以干一切坏事，成为法西斯，成为恐怖主义者。善良是区分好人与坏人的最初界限，也是最后界限。

看到今天许多人以满足物质欲望为人生唯一目标，全部生活由赚钱和花钱两件事组成，我为人们的心灵的贫乏感到震惊，于是我怀念丰富。

丰富，人的精神能力的生长、开花和结果，上天赐给万物之灵的最高享受，为什么人们弃之如敝屣呢？中外哲人都认为，丰富的心灵是幸福的真正源泉，精神的快乐远远高于肉体的快乐。上天的赐予本来是公平的，每个人天性中都蕴含着精神需求，在生存需要基本得到满足之后，这种需求理应觉醒，它的满足理应越来越成为主要的目标。那些永远折腾在功利世界上的人，那些从来不谙思考、阅读、独处、艺术欣赏、精神创造等心灵快乐的人，他们是怎样辜负了上天的赐予啊，不管他们多么有钱，他们是度过了怎样贫穷的一生啊。

看到有些人为了获取金钱和权力毫无廉耻，可以干任何出卖自己尊严的事，然后又依仗所获取的金钱和权力毫无顾忌，肆意凌辱他人的尊严，我为这些人的灵魂的卑鄙感到震惊，于是我怀念高贵。

高贵，曾经是许多时代最看重的价值，被看得比生命还重要，现在似乎很少有人提起了。中外哲人都认为，人要有做人的尊严，要有做人的基本原则，在任何情况下都不可违背，如果违背，就意味着不把自己当人了。今天的一些人就是这样，不知尊严为何物，不把别人当人，任意欺凌和侮辱，而根源正在于他没有把自己当人，事实上你在他身上也已经看不出丝毫人的品性。高贵者的特点是极其尊重他人，他的自尊正因此得到了最充分的体现。人的灵魂应该是高贵的，人应该做精神贵族，世上最可恨也最可悲的岂不是那些有钱有势的精神贱民？

我听见一切世代的哲人在向今天的人们呼唤：人啊，你要有善良的心，丰富的心灵，高贵的灵魂，这样你才无愧于人的称号，你才能作为真正的人在世间生活。

善良，丰富，高贵——令人怀念的品质，人之为人的品质，我期待今天更多的人拥有它们。

人生贵在行胸臆

一

读《袁中郎全集》，感到清风徐徐扑面，精神阵阵爽快。

明末的这位大才子一度做吴县县令，上任伊始，致书朋友们道："吴中得若令也，五湖有长，洞庭有君，酒有主人，茶有知己，生公说法石有长老。"开卷读到这等潇洒不俗之言，我再舍不得放下了，相信这个人必定还会说出许多妙语。

我的期望没有落空。

请看这一段："天下有大败兴事三，而破国亡家不与焉。山水朋友不相凑，一败兴也。朋友忙，相聚不久，二败兴也。游非及时，或花落山枯，三败兴也。"

真是非常的飘逸。中郎一生最爱山水，最爱朋友，难怪他写得最好的是游记和书信，不过，倘若你以为他只是个耽玩的倜傥书生，未免小看了他。《明史》记载，他在吴县任上“听断敏决，公庭鲜事”，遂整日“与士大夫谈说诗文，以风雅自命”。可见极其能干，游刃有余。但他是真个风雅，天性耐不得官场俗务，终于辞职。后来几度起官，也都以谢病归告终。

在明末文坛上，中郎和他的两位兄弟是开一代新风的人物。他们的风格，用他评其弟小修诗的话说，便是“独抒性灵，不拘格套，非从自己胸臆流出，不肯下笔”。其实，这话不但说出了中郎的文学主张，也说出了他的人生态度。他要依照自己的真性情生活，活出自己的本色来。他的潇洒绝非表面风流，而是他的内在性灵的自然流露。性者个性，灵者灵气，他实在是个极有个性极有灵气的人。

二

每个人一生中，都曾经有过一个依照真性情生活的时代，那便是童年。孩子是天真烂漫，不肯拘束自己的。他活着整个儿就是在享受生命，世俗的利害和规矩暂时还都不在他眼里。随着年龄增长，染世渐深，俗虑和束缚愈来愈多，原本纯真的孩子才被改造成了俗物。

那么，能否逃脱这个命运呢？很难，因为人的天性是脆弱的，环境的力量是巨大的。随着童年的消逝，倘若没有一种成年人的智慧及时来补救，几乎不可避免地会失掉童心。所谓大人先生者不失赤子之心，正说明智慧是童心的守护神。凡童心不灭的人，必定对人生有着相当的彻悟。

所谓彻悟，就是要把生死的道理想明白。名利场上那班人不但没有想明白，只怕连想也不肯想。袁中郎责问得好：“天下皆知生死，然未有一人信生之必死者……趋名骛利，唯曰不足，头白面焦，如虑铜铁之不坚，信有死者，当如是耶？”名利的追求是无止境的，官做大了还想更大，钱赚多了还想更多。“未得则前涂为究竟，涂之前又有涂焉，可终究欤？已得则即景为寄寓，寓之中无非寓焉，故终身驰逐而已矣。”在这终身的驰逐中，不再有工夫做自己真正感兴趣的事，接着连属于自己的真兴趣也没有了，那颗以享受生命为最大快乐的童心就这样丢失得无影无踪了。

事情是明摆着的：一个人如果真正想明白了生之必死的道理，他就不会如此看重和孜孜追逐那些到头来一场空的虚名浮利了。他会觉得，把有限的生命耗费在这些事情上，牺牲了对生命本身的享受，实在是很愚蠢的。人生有许多出于自然的享受，例如爱情、友谊、欣赏大自然、艺术创造等，其快乐远非虚名浮利可比，而享受它们也并不需要太多的物质条件。在明白了这些道理以后，他就会和世俗的竞争拉开距离，借此为保存他的真性情赢得了适当的空间。而一个人只要依照真性情生活，就自然会努力去享受生命本身的种种快乐。用中郎的话说，这叫作：“退得一步，即为稳实，多少受用。”

当然，一个人彻悟了生死的道理，也可能会走向消极悲观。不过，如果他是一个热爱生命的人，这一前途即可避免。他反而会获得一种认识：生命的密度要比生命的长度更值得追求。从终极的眼光看，寿命是无稽的，无论长寿短寿，死后都归于虚无。不止如此，即使用活着时的眼光做比较，寿命也无甚意义。中郎说：“试令一老人与少年并立，问彼少年，尔所少之寿何在，觅之不得。问彼老人，尔所多之寿何在，觅之亦不得。少者本无，多者亦归于无，其无正等。”无论活多活少，谁都活在此刻，此刻之前的时间已经永远消逝，没有人能把它们抓在手中。所以，与其贪图活得长久，不如争取活得痛快。中郎引惠开的话说“人生不得行胸臆，纵年百岁犹为夭”就是这个意思。

三

我们或许可以把袁中郎称作享乐主义者，不过他所提倡的乐，乃是合乎生命之自然的乐趣，体现生命之质量和浓度的快乐。在他看来，为了这样的享乐，付出什么代价都是值得的，甚至这代价也成了一种快乐。

有两段话，极能显出他的个性的光彩。

在一处他说：“世人所难得者唯趣”，尤其是得之自然的趣。他举出童子的无往而非趣，山林之人的自在度日，愚不肖的率心而行，作为这种趣的例子。然后写道：“自以为绝望于世，故举世非笑之不顾也，此又一趣也。”凭真性情生活是趣，因此遭到全世界的反对又是趣，从这趣中更见出了怎样真的性情！

另一处谈到人生真乐有五，原文太精彩，不忍割爱，照抄如下：

“目极世间之色，耳极世间之声，身极世间之鲜，口极世间之谭，一快活也。堂前列鼎，堂后度曲，宾客满席，男女交舄，烛气熏天，珠翠委地，皓魄入帐，花影流衣，二快活也。箧中藏万卷书，书皆珍异。宅畔置一馆，馆中约真正同心友十余人，人中立一识见极高，如司马迁、罗贯中、关汉卿者为主，分曹部署，各成一书，远文唐宋酸儒之陋，近完一代未竟之篇，三快活也。千金买一舟，舟中置鼓吹一部，妓妾数人，游闲数人，泛家浮宅，不知老之将至，四快活也。然人生受用至此，不及十年，家资田产荡尽矣。然后一身狼狈，朝不谋夕，托钵歌妓之院，分餐孤老之盘，往来乡亲，恬不知耻，五快活也。”

前四种快活，气象已属不凡，谁知他笔锋一转，说享尽人生快乐以后，一败涂地，沦为乞丐，又是一种快活！中郎文中多这类飞来之笔，出其不意，又顺理成章。世人常把善终视作幸福的标志，其实经不起推敲。若从人生终结看，善不善终都是死，都无幸福可言。若从人生过程看，一个人只要痛快淋漓地生活过，不管善不善终，都称得上幸福了。对于一个洋溢着生命热情的人来说，幸福就在于最大限度地穷尽人生的各种可能性，其中也包括困境和逆境。极而言之，乐极生悲不足悲，最可悲的是从来不曾乐过，一辈子稳稳当当，也平平淡淡，那才是白活了一场。

中郎自己是个充满生命热情的人，他做什么事都兴致勃勃，好像不要命似的。爱山水，便说落雁峰“可值百死”。爱朋友，便叹“以友为性命”。他知道“世上希有事，未有不以死得者”，值得要死要活一番。读书读到会心处，便“灯影下读复叫，叫复读，僮仆睡者皆惊起”，真是忘乎所以。他爱女人，坦陈有“青娥之癖”。他甚至发起懒来也上瘾，名之“懒癖”。

关于癖，他说过一句极中肯的话：“余观世上语言无味面目可憎之人，皆无癖之人耳。若真有所癖，将沉湎酣溺，性命死生以之，何暇及钱奴宦贾之事。”有癖之人，哪怕有的是怪癖恶癖，终归还保留着一种自己的真兴趣真热情，比起那班名利俗物来更是一个活人。当然，所谓癖是真正着迷，全心全意，死活不顾。譬如巴尔扎克小说里的于洛男爵，爱女色爱到财产名誉地位性命都可以不要，到头来穷困潦倒，却依然心满意足，这才配称好色，那些只揩油不肯做半点牺牲的偷香窃玉之辈是不够格的。

四

一面彻悟人生的实质，一面满怀生命的热情，两者的结合形成了袁中郎的人生观。他自己把这种人生观与儒家的谐世、道家的玩世、佛家的出世并列为四世，称作适世。若加比较，儒家是完全入世，佛家是完全出世，中郎的适世似与道家的玩世相接近，都在入世出世之间。区别在于，玩世是入世者的出世法，怀着生命的忧患意识逍遥世外，适世是出世者的入世法，怀着大化的超脱心境享受人生。用中郎自己的话说，他是想学“凡间仙，世中佛，无律度的孔子”。

明末知识分子学佛参禅成风，中郎是不以为然的。他“自知魔重”，“出则为湖魔，入则为诗魔，遇佳友则为谈魔”，舍不得人生如许乐趣，绝不肯出世。况且人只要生命犹存，真正出世是不可能的。佛祖和达摩舍太子位出家，中郎认为是没有参透生死之理的表现。他批评道：“当时便在家何妨，何必掉头不顾，为此偏枯不可训之事？似亦不圆之甚矣。”人活世上，如空中鸟迹，去留两可，无须拘泥区区行藏的所在。若说出家是为了离生死，你总还带着这个血肉之躯，仍是跳不出生死之网。若说已经看破生死，那就不必出家，在网中即可做自由跳跃。死是每种人生哲学不可回避的根本问题。中郎认为，儒道释三家，至少就其门徒的行为看，对死都不甚了悟。儒生“以立言为不死，是故著书垂训”，道士“以留形为不死，是故锻金炼气”，释子“以寂灭为不死，是故耽心禅观”，他们都企求某种方式的不死。而事实上，“茫茫众生，谁不有死，堕地之时，死案已立”。不死是不可能的。

那么，依中郎之见，如何才算了悟生死呢？说来也简单，就是要正视生之必死的事实，放下不死的幻想。他比较赞赏孔子的话：“朝闻道，夕死可矣。”一个人只要明白了人生的道理，好好地活过一场，也就死而无憾了。既然死是必然的，何时死，缘何死，便完全不必在意。他曾患呕血之病，担心必死，便给自己讲了这么一个故事：有人在家里藏一笔钱，怕贼偷走，整日提心吊胆，频频查看。有一天携带着远行，回来发现，钱已不知丢失在途中何处了。自己总担心死于呕血，而其实迟早要生个什么病死去，岂不和此人一样可笑？这么一想，就宽心了。

总之，依照自己的真性情痛快地活，又抱着宿命的态度坦然地死，这大约便是中郎的生死观。

未免太简单了一些！然而，还能怎么样呢？我自己不是一直试图对死进行深入思考，而结论也仅是除了平静接受，别无更好的法子？许多文人，对于人生问题做过无穷的探讨，研究过各种复杂的理论，在兜了偌大圈子以后，往往回到一些十分平易质实的道理上。对于这些道理，许多文化不高的村民野夫早已了然于胸。不过，倘真能这样，也许就对了。罗近溪说：“圣人者，常人而肯安心者也。”中郎赞“此语抉圣学之髓”，实不为过誉。我们都是有生有死的常人，倘若我们肯安心做这样的常人，顺乎天性之自然，坦然于生死，我们也就算得上是圣人了。只怕这个境界并不容易达到呢。

人啊，你要有善良的心，丰富的心灵，高贵的灵魂，这样你才无愧于人的称号，你才能作为真正的人在世间生活。

悲观·执着·超脱

一

人的一生，思绪万千。然而，真正让人想一辈子，有时想得惊心动魄，有时不去想仍然牵肠挂肚，这样的问题并不多。透彻地说，人一辈子只想一个问题，这个问题一视同仁无可回避地摆在每个人面前，令人困惑得足以想一辈子也未必想清楚。

回想起来，许多年里纠缠着也连缀着我的思绪的动机始终未变，它催促我阅读和思考，激励我奋斗和追求，又规劝我及时撤退，甘于淡泊。倘要用文字表达这个时隐时现的动机，便是一个极简单的命题：只有一个人生。

如果人能永远活着或者活无数次，人生问题的景观就会彻底改变，甚至根本不会有人生问题存在了。人生之所以成为一个问题，前提是生命的一次性和短暂性。不过，从只有一个人生这个前提，不同的人，不，同一个人可以引出不同的结论。也许，困惑正在于这些彼此矛盾的结论似乎都有道理。也许，智慧也正在于使这些彼此矛盾的结论达成辩证的和解。

二

无论是谁，当他初次意识到只有一个人生这个令人伤心的事实时，必定会产生一种幻灭感。生命的诱惑刚刚在地平线上出现，却一眼看到了它的尽头。一个人生太少了！心中涌动着如许欲望和梦幻，一个人生怎么够用？为什么历史上有好多帝国和王朝，宇宙间有无数星辰，而我却只有一个人生？在帝国兴衰、王朝更迭的历史长河中，在星辰的运转中，我的这个小小人生岂非等于零？它确实等于零，一旦结束，便不留一丝影踪，与从未存在过有何区别？

捷克作家昆德拉笔下的一个主人公常常重复一句德国谚语，大意是："只活一次等于未尝活过。"这句谚语非常简练地把只有一个人生与人生虚无画了等号。

近读金圣叹批《西厢记》，这位独特的评论家极其生动地描述了人生短暂使他感到的无可奈何的绝望。他在序言中写道：自古迄今，"几万万年月皆如水逝、云卷、风驰、电掣，无不尽去，而至于今年今月而暂有我。此暂有之我，又未尝不水逝、云卷、风驰、电掣而疾去也。"我也曾想有作为，但这所作所为同样会水逝、云卷、风驰、电掣而尽去，于是我不想有作为了，只想消遣，批《西厢记》即是一消遣法。可是，"我诚无所欲为，则又何不疾作水逝、云卷、风驰、电掣，顷刻尽去？”想到这里，连消遣的心思也没了，真是万般无奈。

古往今来，诗哲们关于人生虚无的喟叹不绝于耳，无须在此多举。悲观主义的集大成当然要数佛教，归结为一个“空”字。佛教的三项基本原则（三法印）无非是要我们由人生的短促（“诸行无常”），看破人生的空幻（“诸法无我”），从而自觉地放弃人生（“涅槃寂静”）。

三

人要悲观实在很容易，但要彻底悲观却也并不容易，只要看看佛教徒中难得有人生前涅槃，便足可证明。但凡不是悲观到马上自杀，求生的本能自会找出种种理由来和悲观抗衡。事实上，从只有一个人生的前提，既可推论出人生了无价值，也可推论出人生弥足珍贵。物以稀为贵，我们在世上最觉稀少、最嫌不够的东西便是这迟早要结束的生命。这唯一的一个人生是我们的全部所有，失去它我们便失去了一切，我们岂能不爱它，不执着于它呢？

诚然，和历史、宇宙相比，一个人的生命似乎等于零。但是，雪莱说得好：“同人生相比，帝国兴衰、王朝更迭何足挂齿！同人生相比，日月星辰的运转与归宿又算得了什么！”面对无边无际的人生之爱，那把人生对照得极其渺小的无限时空，反倒退避三舍，不足为虑了。人生就是一个人的疆界，最要紧的是负起自己的责任，管好这个疆界，而不是越过它无谓地悲叹天地之悠悠。

古往今来，尽管人生虚无的悲论如缕不绝，可是劝人执着人生爱惜光阴的教诲更是谆谆在耳。两相比较，执着当然比悲观明智得多。悲观主义是一条绝路，冥思苦想人生的虚无，想一辈子也还是那么一回事，绝不会有柳暗花明的一天，反而窒息了生命的乐趣。不如把这个虚无放到括号里，集中精力做好人生的正面文章。既然只有一个人生，世人心目中值得向往的东西，无论成功还是幸福，今生得不到，就永无得到的希望了，何不以紧迫的心情和执着的努力，把这一切追求到手再说？

四

可是，一味执着也和一味悲观一样，同智慧相去甚远。悲观的危险是对人生持厌弃的态度，执着的危险则是对人生持占有的态度。

所谓对人生持占有的态度，倒未必专指那种唯利是图、贪得无厌的行径。弗罗姆在《占有或存在》一书中具体入微地剖析了占有的人生态度，它体现在学习、阅读、交谈、回忆、信仰、爱情等一切日常生活经验中。据我的理解，凡是过于看重人生的成败、荣辱、福祸、得失，视成功和幸福为人生第一要义和至高目标者，即可归入此列。因为这样做实质上就是把人生看成了一种占有物，必欲向之获取最大效益而后快。

但人生是占有不了的。毋宁说，它是侥幸落到我们手上的一件暂时的礼物，我们迟早要把它交还。我们宁愿怀着从容闲适的心情玩味它，而不要让过分急切的追求和得失之患占有了我们，使我们不再有玩味的心情。在人生中还有比成功和幸福更重要的东西，那就是凌驾于一切成败福祸之上的豁达胸怀。在终极的意义上，人世间的成功和失败、幸福和灾难，都只是过眼烟云，彼此并无实质的区别。当我们这样想时，我们和我们的身外遭遇保持了一个距离，反而和我们的真实人生贴得更紧了，这真实人生就是一种既包容又超越身外遭遇的丰富的人生阅历和体验。

我们不妨眷恋生命，执着人生，但同时也要像蒙田说的那样，收拾好行装，随时准备和人生告别。入世再深，也不忘它的限度。这样一种执着有悲观垫底，就不会走向贪婪。有悲观垫底的执着，实际上是一种超脱。

五

我相信一切深刻的灵魂都蕴藏着悲观。换句话说，悲观自有其深刻之处。死是多么重大的人生事件，竟然不去想它，这只能用怯懦或糊涂来解释。用贝多芬的话说："不知道死的人真是可怜虫！"

当然，我们可以补充一句："只知道死的人也是可怜虫！"真正深刻的灵魂绝不会沉溺于悲观。悲观本源于爱，为了爱又竭力与悲观抗争，反倒有了超乎常人的创造，贝多芬自己就是最好的例子。不过，深刻更在于，无论获得多大成功，也消除不了内心蕴藏的悲观，因而终能以超脱的眼光看待这成功。如果一种悲观可以轻易被外在的成功打消，我敢断定那不是悲观，而只是肤浅的烦恼。

超脱是悲观和执着两者激烈冲突的结果，又是两者的和解。前面提到金圣叹因批《西厢记》而引发了一段人生悲叹，但他没有止于此，否则我们今天就不会读到他批的《西厢记》了。他太爱《西厢记》，非批不可，欲罢不能。所以，他接着笔锋一转，写道：既然天地只是偶然生我，那么，"未生已前非我也。既去已后又非我也。然则今虽犹尚暂在，实非我也”。于是，“以非我者之日月，误而任我之唐突可也；以非我者之才情，误而供我之挥霍可也”。总之，我可以让那个非我者去批《西厢记》而供我做消遣了。他的这个思路，巧妙地显示了悲观和执着在超脱中达成的和解。我心中有悲观，也有执着。我愈执着，就愈悲观，愈悲观，就愈无法执着，陷入了二律背反。我干脆把自己分裂为二，看透那个执着的我是非我，任他去执着。执着没有悲观掣肘，便可放手执着。悲观扬弃执着，也就成了超脱。不仅把财产、权力、名声之类看作身外之物，而且把这个终有一死的“我”也看作身外之物，如此才有真正的超脱。

由于只有一个人生，颓废者因此把它看作零，堕入悲观的深渊。执迷者又因此把它看作全，激起占有的热望。两者均未得智慧的真髓。智慧是在两者之间，确切地说，是包容了两者又超乎两者之上。人生既是零，又是全，是零和全的统一。用全否定零，以反抗虚无，又用零否定全，以约束贪欲，智慧仿佛走着这螺旋形的路。不过，这只是一种简化的描述。事实上，在一个热爱人生而又洞察人生真相的人心中，悲观、执着、超脱三种因素始终都存在着，没有一种会完全消失，智慧就存在于它们此消彼长的动态平衡之中。我不相信世上有一劳永逸彻悟人生的“无上觉者”，如果有，他也业已涅槃成佛，不再属于这个活人的世界了。

感受生命的奇迹

生命是宇宙间的奇迹，它的来源神秘莫测。按照自然科学的假说，它是地球上物质化学反应的产物，或者是外星的来客。按照基督教的信仰，它是上帝的创造。在生命起源的问题上，我们只有假说和信仰。情况恐怕只能如此，宇宙间自有人类理性不可解开的秘密。

不过，在我看来，生命究竟是自然的产物，还是上帝的创造，这并不重要。重要的是用你的心去感受这奇迹。于是，你便会懂得欣赏大自然中的生命现象，用它们的千姿百态丰富你的心胸。于是，你便会善待一切生命，从每一个素不相识的人，到一头羚羊、一只昆虫、一棵树，从心底里产生万物同源的亲近感。于是，你便会怀有一种敬畏之心，敬畏生命，也敬畏创造生命的造物主，不管人们把它称作神还是大自然。

自然和生命

一

每年开春，仿佛无意中突然发现土中冒出了稚嫩的青草，树木抽出了小小的绿芽，那时候会有一种多么纯净的喜悦心情。记得小时候，在屋外的泥地里埋几粒黄豆或牵牛花籽，当看到小小的绿芽破土而出时，感觉到的也是这种心情。也许天下生命原是一家，也许我曾经是这么一棵树、一棵草，生命萌芽的欢欣越过漫长的进化系列，又在我的心里复苏了？

唉，人的心，进化的最高产物，世上最复杂的东西，在这小小的绿芽面前，才恢复了片刻的纯净。

二

现在，我们与土地的接触愈来愈少了。砖、水泥、钢铁、塑料和各种新型建筑材料把我们包围了起来。我们把自己关在宿舍或办公室的四壁之内。走在街上，我们同样被房屋、商店、建筑物和水泥路面包围着。我们总是活得那样匆忙，顾不上看看天空和土地。我们总是生活在眼前，忘掉了永恒和无限。我们已经不再懂得土地的痛苦和渴望，不再能欣赏土地的悲壮和美丽。

这熟悉的家、街道、城市，这熙熙攘攘的人群，有时候我会突然感到多么陌生，多么不真实。我思念被这一切覆盖着的永恒的土地，思念一切生命的原始的家乡。

三

久住城市，偶尔来到僻静的山谷湖畔，面对连绵起伏的山和浩渺无际的水，会感到一种解脱和自由。然而我想，倘若在此定居，与世隔绝，心境也许就会变化。尽管看到的还是同样的山水景物，所感到的却不是自由，而是限制了。

人及其产品把我和自然隔离开来了，这是一种寂寞。千古如斯的自然把我和历史隔离开来了，这是另一种寂寞。前者是生命本身的寂寞，后者是野心的寂寞。那种两相权衡终于承受不了前一种寂寞的人，最后会选择归隐。现代人对两种寂寞都体味甚浅，又都急于逃避，旅游业因之兴旺。

四

“生命”是一个美丽的词，但它的美被琐碎的日常生活掩盖住了。我们活着，可是我们并不是时时对生命有所体验的。相反，这样的时候很少。大多数时候，我们倒是像无生命的机械一样活着。

人们追求幸福，其实，还有什么时刻比那些对生命的体验最强烈、最鲜明的时刻更幸福呢？当我感觉到自己的肢体和血管里布满了新鲜的、活跃的生命之时，我的确认为：此时此刻我是世上最幸福的人了。

五

痛苦和欢乐是生命力的自我享受。最可悲的是生命力的乏弱，既无欢乐，也无痛苦。

六

生命平静地流逝，没有声响，没有浪花，甚至连波纹也看不见，无声无息。我多么厌恶这平坦的河床，它吸收了任何感觉。突然，遇到了阻碍，礁岩崛起，狂风大作，抛起万丈浪。我活着吗？是的，这时候我才觉得我活着。

七

情欲是走向空灵的必由之路。本无情欲，只能空而不灵。

八

愈是自然的东西，就愈是属于我的生命的本质，愈能牵动我的至深的情感。例如，女人和孩子。

现代人享受的花样愈来愈多了。但是，我深信人世间最甜美的享受始终是那些最古老的享受。

九

最自然的事情是最神秘的，例如做爱和孕育。各民族的神话岂非都可以追溯到这个源头？

十

生命与生命之间互相吸引。我设想，在一个绝对荒芜、没有生命的星球上，一个活人即使看见一只苍蝇或一只老虎，也会产生亲切之感的。

十一

文化是生命的花朵。离开生命本原，文化不过是人造花束，中西文化之争不过是绢花与塑料花之争。

十二

文化是生命的表达形式。当文化不能表达生命，反而压抑生命的时候，生命的紧张感就增大。这时候，需要改变旧文化，创造新文化，以重新表达生命。但文化的改造不必从文化开始，有时候，直接表达生命的紧张感、危机感，这种表达本身就形成了一种新的文化。现代西方非理性主义文化就是这样形成的。

我们这里也开始大谈非理性主义了，但是，谈得何其轻松。我的一位朋友说得好："非理性主义本来是要表达生命的紧张感，现在我们却拿来加上中国的老庄、禅之类，调成一杯可笑之极的鸡尾酒，获得自我陶醉。"

十三

我骑着自行车，视线越过马路上的车辆和行人，停留在傍晚深蓝色的天空上。多么深邃的蓝色啊！我的灵魂仿佛不由自主地投入这蓝色的宇宙之海，潜向无底的深渊。天色愈来愈浓，我愈潜愈深，明知没有生还的希望，却仍然放任自己下沉。

橘黄色的路灯、红绿灯，在深蓝色天空的背景下闪着鲜艳的光芒。色彩的魔力，色彩的梦。色彩的力量纯粹是魔术和梦幻的力量，它刺激眼睛，使人想入非非，被光的旋律催眠，陷入幻觉之中。

我想起了亚当斯的黑白摄影。那是另一种力量。除去了色彩的迷惑，物质世界直接呈现在眼前——不，毋宁说是展现在你的手下，视觉成了触觉的替代，你可以触摸到山岭的粗糙、流沙的细腻、树枝的坚硬、草叶的柔软。透过黑白摄影，你不是看到世界的幻象，而是摸到了质料本身。

十四

旅游业发展到哪里，就败坏了哪里的自然风景。

我寻找一个僻静的角落，却发现到处都是广告喇叭、商业性娱乐设施和凑热闹的人群。

十五

我皱着眉头。你问我想干什么，我想把天下发出噪声的金属器具，从刀锯斧刨，到机器马达，统统投进熔炉，然后铸成一座沉默的雕像。

十六

游览名胜，我往往记不住地名和典故。我为我的坏记性找到了一条好理由——我是一个直接面对自然和生命的人。相对于自然，地理不过是细节。相对于生命，历史不过是细节。

我们不妨眷恋生命，执着人生，但同时也要像蒙田说的那样，收拾好行装，随时准备和人生告别。

思考死：有意义的徒劳

一

死亡和太阳一样不可直视。然而，即使掉头不去看它，我们仍然知道它存在着，感觉到它正步步逼近，把它的可怕阴影投罩在我们每一寸美好的光阴上面。

很早的时候，当我突然明白自己终有一死时，死亡问题就困扰着我了。我怕想，又禁不住要想。周围的人似乎并不挂虑，心安理得地生活着。性和死，世人最讳言的两件事，成了我的青春期的痛苦的秘密。读了一些书，我才发现，同样的问题早已困扰过世世代代的贤哲了。“要是一个人学会了思想，不管他的思想对象是什么，他总是在想着自己的死。”读到托尔斯泰这句话，我庆幸觅得了一个知音。

死之迫人思考，因为它是一个最确凿无疑的事实，同时又是一件最不可思议的事情。既然人人迟早要轮到登上这个千古长存的受难的高岗，从那里被投入万劫不复的虚无之深渊，一个人怎么可能对之无动于衷呢？然而，自古以来思考过、抗议过、拒绝过死的人，最后都不得不死了，我们也终将追随而去，想又有何用？世上别的苦难，我们可小心躲避，躲避不了，可咬牙忍受，忍受不了，还可以死解脱。唯独死是既躲避不掉，又无解脱之路的，除了接受，别无选择。也许，正是这种无奈，使得大多数人宁愿对死保持沉默。

金圣叹对这种想及死的无奈心境做过生动的描述："细思我今日之如是无奈，彼古之人独不曾先我而如是无奈哉！我今日所坐之地，古之人其先坐之；我今日所立之地，古之人之立之者，不可以数计矣。夫古之人之坐于斯，立于斯，必犹如我之今日也。而今日已徒见有我，不见古人。彼古人之在时，岂不默然知之？然而又自知其无奈，故遂不复言之也。此真不得不致憾于天地也，何其甚不仁也！"

今日我读到这些文字，金圣叹作古已久。我为他当日的无奈叹息，正如他为古人昔时的无奈叹息；而无须太久，又有谁将为我今日的无奈叹息？无奈，只有无奈，真是夫复何言！

想也罢，不想也罢，终归是在劫难逃。既然如此，不去徒劳地想那不可改变的命运，岂非明智之举？

二

在雪莱的一篇散文中，我们看到一位双目失明的老人在他女儿搀扶下走进古罗马柯利修姆竞技场的遗址。他们在一根倒卧的圆柱上坐定，老人听女儿讲述眼前的壮观，而后怀着深情对女儿谈到了爱、神秘和死亡。他听见女儿为死亡啜泣，便语重心长地说："没有时间、空间、年龄、预见可以使我们免于一死。让我们不去想死亡，或者只把它当作一件平凡的事来想吧。"

如果能够不去想死亡，或者只把它当作人生司空见惯的许多平凡事中的一件来想，倒不失为一种准幸福境界。遗憾的是，愚者不费力气就置身于其中的这个境界，智者（如这位老盲人）却须历尽沧桑才能达到。一个人只要曾经因想到死亡感受过真正的绝望，他的灵魂深处从此便留下了几乎不愈的创伤。

当然，许多时候，琐碎的日常生活分散了我们的心思，使我们无暇想及死亡。我们还可以用消遣和娱乐来转移自己的注意力。事业和理想是我们的又一个救主，我们把它悬在前方，如同美丽的晚霞一样遮盖住我们不得不奔赴的那座悬崖，于是放心向深渊走去。

可是，还是让我们对自己诚实些吧。至少我承认，死亡的焦虑始终在我心中潜伏着，时常隐隐作痛，有时还会突然转变为尖锐的疼痛。每一个人都必将迎来"没有明天的一天"，而且这一天随时会到来，因为人在任何年龄都可能死。我不相信一个正常人会从来不想到自己的死，也不相信他想到时会不感到恐惧。把这恐惧埋在心底，他怎么能活得平静快乐，一旦面临死又如何能从容镇定？不如正视它，有病就治，先不去想能否治好。

自柏拉图以来，西方许多哲学家都把死亡看作人生最重大的问题，而把想透死亡问题视为哲学最主要的使命。在他们看来，哲学就是通过思考死亡而为死预作准备的活动。一个人只要经常思考死亡，且不管他如何思考，经常思考本身就会产生一种效果，使他对死亡习以为常起来。中世纪修道士手戴刻有骷髅的指环，埃及人在宴会高潮时抬进一具解剖的尸体，蒙田在和女人做爱时仍默念着死的逼近，凡此种种，依蒙田自己的说法，都是为了："让我们不顾死亡的怪异面孔，常常和它亲近、熟识，心目中有它比什么都多吧！"如此即使不能消除对死的恐惧，至少可以使我们习惯于自己必死这个事实，也就是消除对恐惧的恐惧。主动迎候死，再意外的死也不会感到意外了。

我们对于自己活着这件事实在太习惯了，而对于死却感到非常陌生——想想看，自出生后，我们一直活着，从未死过！可见从习惯于生到习惯于死，这个转折并不轻松。不过，在从生到死的过程中，由于耳闻目睹别人的死，由于自己所遭受的病老折磨，我们多少在渐渐习惯自己必死的前景。习惯意味着麻木，芸芸众生正是靠习惯来忍受死亡的。如果哲学只是使我们习惯于死，未免多此一举了。问题恰恰在于，我不愿意习惯。我们期待于哲学的不是习惯，而是智慧。也就是说，它不该靠唠叨来解除我们对死的警惕，而应该说出令人信服的理由来打消我们对死的恐惧。它的确说了理由，让我们来看看这些理由能否令人信服。

三

死是一个有目共睹的事实，没有人能否认它的必然性。因此，哲学家们的努力便集中到一点，即找出种种理由来劝说我们——当然也劝说他们自己——接受它。

理由之一：我们死后不复存在，不能感觉到痛苦，所以死不可怕。这条理由是伊壁鸠鲁首先明确提出来的。他说：“死与我们无关。因为当身体分解成其构成元素时，它就没有感觉，而对其没有感觉的东西与我们无关。”“我们活着时，死尚未来临；死来临时，我们已经不在。因而死与生者和死者都无关。”卢克莱修也附和说：“对于那不再存在的人，痛苦也全不存在。”

在我看来，没有比这条理由更缺乏说服力的了。死的可怕，恰恰在于死后的虚无，在于我们将不复存在。与这种永远的寂灭相比，感觉到痛苦岂非一种幸福？这两位古代唯物论者实在是太唯物了，他们对于自我寂灭的荒谬性显然没有丝毫概念，所以才会把我们无法接受死的根本原因当作劝说我们接受死的有力理由。

令人费解的是，苏格拉底这位古希腊最智慧的人，对于死也持有类似的观念。他在临刑前谈自己坦然赴死的理由云：“死的境界二者必居其一：或是全空，死者毫无知觉；或是如世俗所云，灵魂由此界迁居彼界。”关于后者，他说了些彼界比此界公正之类的话，意在讥讽判他死刑的法官们，内心其实并不相信灵魂不死。前者才是他对死的真实看法：“死者若无知觉，如睡眠无梦，死之所得不亦妙哉！”因为“与生平其他日夜比较”，无梦之夜最“痛快”。

把死譬作无梦的睡眠，这是一种常见的说法。然而，两者的不同是一目了然的。酣睡的痛快，恰恰在于醒来时感到精神饱满，如果长眠不醒，还有什么痛快可言？

我是绝对不能赞同把无感觉状态说成幸福的。世上一切幸福，皆以感觉为前提。我之所以恋生，是因为活着能感觉到周围的世界，自己的存在，以及我对世界的认知和沉思。我厌恶死，正是因为死永远剥夺了我感觉这一切的任何可能性。我也曾试图劝说自己：假如我睡着了，未能感觉到世界和我自己的存在，假如有些事发生了，我因不在场而不知道，我应该为此悲伤吗？那么，就把死当作睡着，把去世当作不在场吧。可是无济于事，我太明白其间的区别了。我还曾试图劝说自己：也许，垂危之时，感官因疾病或衰老而迟钝，就不会觉得死可怕了。但是，我立刻发现这推测不能成立，因为一个人无力感受死的可怕，并不能消除死的可怕的事实，而且这种情形本身更可怕。

据说，苏格拉底在听到法官们判他死刑的消息时说道："大自然早就判了他们的死刑。"如此看来，所谓无梦之夜的老生常谈也只是自我解嘲，他的更真实的态度可能是一种宿命论，即把死当作大自然早已判定的必然结局加以接受。

四

顺从自然，服从命运，心甘情愿地接受死亡，这是斯多葛派的典型主张。他们实际上的逻辑是，既然死是必然的，恐惧、痛苦、抗拒全都无用，那就不如爽快接受。他们强调这种爽快的态度，如同旅人离开暂居的客店重新上路（西塞罗），如同果实从树上熟落，或演员幕落后退场（奥勒留）。塞涅卡说：只有不愿离去才是被赶出，而智者愿意，所以"智者绝不会被赶出生活"。颇带斯多葛气质的蒙田说："死说不定在什么地方等候我们，让我们到处都等候它吧。"仿佛全部问题在于，只要把不愿意变为愿意，把被动变为主动，死就不可怕了。

可是，怎样才能把不愿意变为愿意呢？一件事情，仅仅因为它是必然的，我们就愿意了吗？死亡岂不正是一件我们不愿意的必然的事？必然性意味着我们即使不愿意也只好接受，但并不能成为使我们愿意的理由。乌纳穆诺写道："我不愿意死。不，我既不愿意死，也不愿意愿意死。我要求这个'我'，这个能使我感觉到我活着的可怜的'我'，能活下去。因此，我的灵魂的持存问题便折磨着我。""不愿意愿意死"——非常确切！这是灵魂的至深的呼声。灵魂是绝对不能接受寂灭的，当肉体因为衰病而"愿意死"时，当心智因为认清宿命而"愿意死"时，灵魂仍然要否定它们的"愿意"！但斯多葛派哲学家完全听不见灵魂的呼声，他们所关心的仅是人面对死亡时的心理生活而非精神生活，这种哲学至多只有心理策略上的价值，并无精神解决的意义。

当然，我相信，一个人即使不愿意死，仍有可能坚定地面对死亡。这种坚定性倒是与死亡的必然性不无联系。拉罗什福科曾经一语道破："死亡的必然性造就了哲学家们的全部坚定性。"在他口中这是一句相当刻薄的话，意思是说，倘若死不是必然的，人有可能永生不死，哲学家们就不会以如此优雅的姿态面对死亡了。这使我想起了荷马讲的一个故事。特洛亚最勇敢的英雄赫克托耳这样动员他的部下："如果避而不战就能永生不死，那么我也不愿冲锋在前了。但是，既然迟早要死，我们为何不拼死一战，反把荣誉让给别人？"毕竟是粗人，说的是大实话，不像哲学家那样拐弯抹角。事实上，从容赴死决非心甘情愿接受寂灭，而是不得已退求其次，注意力放在尊严、荣誉等仍属尘世目标上的结果。

五

死亡的普遍性是哲学家们劝我们接受死的又一个理由。

卢克莱修要我们想一想，在我们之前的许多伟人都死了，我们有什么可委屈的？奥勒留提醒我们记住，有多少医生在给病人下死亡诊断之后，多少占星家在预告别人的忌日之后，多少哲学家在大谈死和不朽之后，多少英雄在横扫千军之后，多少暴君在滥杀无辜之后，都死去了。总之，在我们之前的无数世代，没有人能逃脱一死。迄今为止，地球上已经发生过太多的死亡，以至于如一位诗人所云，生命只是死亡的遗物罢了。

与我们同时以及在我们之后的人，情况也一样。卢克莱修说："在你死后，万物将随你而来。"塞涅卡说："想想看，有多少人命定要跟随你死去，继续与你为伴！"蒙田说："如果伴侣可以安慰你，全世界不是跟你走同样的路么？"

人人都得死，这能给我们什么安慰呢？大约是两点：第一，死是公正的，对谁都一视同仁；第二，死并不孤单，全世界都与你为伴。

我承认我们能从人皆有死这个事实中获得某种安慰，因为假如事情倒过来，人皆不死，唯独我死，我一定会感到非常不公正，我的痛苦将因嫉妒和委屈而增添无数倍。除了某种英雄主义的自我牺牲之外，一般来说，共同受难要比单独受难易于忍受。然而，我仍然要说，死是最大的不公正。这不公正并非存在于人与人之间，而是存在于人与神之间。上帝按照自己的形象造人，却不让他像自己一样永生。他把人造得一半是神，一半是兽，将渴望不朽的灵魂和终有一死的肉体同时放在人身上，再不可能有比这更加恶作剧的构思了。

至于说全世界都与我为伴，这只是一个假象。死本质上是孤单的，不可能结伴而行。我们活在世上，与他人共在，死却把我们和世界、他人绝对分开了。在一个濒死者眼里，世界不再属于他，他人的生和死都与他无关。他站在自己的由生入死的出口上，那里只有他独自一人，别的濒死者也都在各自的出口上，并不和他同在。死总是自己的事，世上有多少自我，就有多少独一无二的死，不存在一个一切人共有的死。死后的所谓虚无之境也无非是这一个独特的自我的绝对毁灭，并无一个人人共赴的归宿。

六

那么——卢克莱修对我们说——“回头看看我们出生之前那些永恒的岁月，对于我们多么不算一回事。自然把它作为镜子，让我们照死后的永恒时间，其中难道有什么可怕的东西？”

这是一种很巧妙的说法，为后来的智者所乐于重复。

塞涅卡：“这是死在拿我做试验吗？好吧，我在出生前早已拿它做过一次试验了！”“你想知道死后睡在哪里？在那未生的事物中。”“死不过是非存在，我已经知道它的模样了。丧我之后正与生我之前一样。”“一个人若为自己未能在千年之前活着而痛哭，你岂不认为他是傻瓜？那么，为自己千年之后不再活着而痛哭的人也是傻瓜。”

蒙田：“老与少抛弃生命的情景都一样。没有谁离开它不正如他刚走进去。”“你由死入生的过程无畏也无忧，再由生入死走一遍吧。”

事实上，在读到上述言论之前，我自己就已用同样的理由劝说过自己。扪心自问，在我出生之前的悠悠岁月中，世上一直没有我，我对此确实不感到丝毫遗憾。那么，我死后世上不再有我，情形不是完全一样吗？

真的完全一样吗？总觉得有点不一样。不，简直是大不一样！我未出生时，世界的确与我无关。可是，对于我来说，我的出生是一个决定性的事件，由于它，世界就变成了一个和我息息相关的属于我的世界。即使是那个存在于我出生前无穷岁月中的世界，我也可以把它作为我的对象，从而接纳到我的世界中来。我可以阅读前人的一切著作，了解历史上的一切事件。尽管它们产生时尚没有我，但由于我今天的存在，便都成了供我阅读的著作和供我了解的事件。而在我死后，无论世上还会（一定会的！）诞生什么伟大的著作，发生什么伟大的事件，都真正与我无关，我永远不可能知道了。

譬如说，尽管曹雪芹活着时，世上压根儿没有我，但今天我却能享受到读《红楼梦》的极大快乐，真切感觉到它是我的世界的一个组成部分。倘若我生活在曹雪芹以前的时代，即使我是金圣叹，这部作品和我也不会有丝毫关系了。

有时我不禁想，也许，出生得愈晚愈好，那样就会有更多的佳作、更悠久的历史、更广大的世界属于我了。但是，晚到何时为好呢？难道到世界末日再出生，作为最后的证人得以回顾人类的全部兴衰，我就会满意？无论何时出生，一死便前功尽弃，留在身后的同样是那个与自己不再有任何关系的世界。

自我意识强烈的人本能地把世界看作他的自我的产物，因此他无论如何不能设想，他的自我有一天会毁灭，而作为自我的产物的世界却将永远存在。

不错，世界曾经没有他也永远存在过，但那是一个为他的产生做着准备的世界。生前的无限时间中没有他，却在走向他，终于有了他。死后的无限时间中没有他，则是在背离他，永远不会有他了。所以，他接受前者而拒绝后者，又有什么可奇怪的呢？

七

迄今为止的劝说似乎都无效，我仍然不承认死是一件合理的事。让我变换一下思路，看看永生是否值得向往。

事实上，最早沉思死亡问题的哲学家并未遗漏这条思路。卢克莱修说："我们永远生存和活动在同样事物中间，即使我们再活下去，也不能铸造出新的快乐。"奥勒留说："所有来自永恒的事物作为形式是循环往复的，一个人是在一百年还是两千年或无限的时间里看到同样的事物，这对他是一回事。"总之，太阳下没有新东西，永生是不值得向往的。

我们的确很容易想象出永生的单调，因为即使在现在这短促的人生中，我们也还不得不熬过许多无聊的时光。然而，无聊不能归因于重复。正如健康的胃不会厌倦进食，健康的肺不会厌倦呼吸，健康的肉体不会厌倦做爱一样，健全的生命本能不会厌倦日复一日重复的生命活动。活跃的心灵则会在同样的事物上发现不同的意义，为自己创造出巧妙的细微差别。遗忘的本能也常常助我们一臂之力，使我们经过适当的间隔重新产生新鲜感。即使假定世界是一个由有限事物组成的系统，如同一副由有限棋子组成的围棋，我们仍然可能像一个入迷的棋手一样把这盘棋永远下下去。仔细分析起来，由死造成的意义失落才是无聊的至深根源，正是因为死使一切成为徒劳，所以才会觉得做什么都没有意思。一个明显的证据是，由于永生信念的破灭，无聊才成了一种典型的现代病。

可是，对此也可提出一个反驳：“没有死，就没有爱和激情，没有冒险和悲剧，没有欢乐和痛苦，没有生命的魅力。总之，没有死，就没有了生的意义。”——这正是我自己在数年前写下的一段话。波伏娃在一部小说中塑造了一个不死的人物，他因为不死而丧失了真正去爱的能力。的确，人生中一切欢乐和美好的东西因为短暂更显得珍贵，一切痛苦和严肃的感情因为牺牲才更见出真诚。如此看来，最终剥夺了生的意义的死，一度又是它赋予了生以意义。无论寂灭还是永生，人生都逃不出荒谬。不过，有时我很怀疑这种悖论的提出乃是永生信念业已破灭的现代人的自我安慰。对于希腊人来说，这种悖论并不存在，荷马传说中的奥林匹斯众神丝毫没有因为不死而丧失恋爱和冒险的好兴致。

好吧，让我们退一步，承认永生是荒谬的，因而是不值得向往的，但这仍然不能证明死的合理。我们最多只能退到这一步：承认永生和寂灭皆荒谬，前者不合生活现实的逻辑，后者不合生命本能的逻辑。

八

何必再绕弯子呢？无论举出多少理由都不可能说服你，干脆说出来吧，你无非是不肯舍弃你那可怜的自我。

我承认。这是我的独一无二的自我。

可是，这个你如此看重的自我，不过是一个偶然，一个表象，一个幻象，本身毫无价值。

我听见哲学家们异口同声地说。这下可是击中了要害。尽管我厌恶这种贬抑个体的立场，我仍愿试着在这条思路上寻求一个解决。

我对自己说：你是一个纯粹偶然的产物，大自然产生你的概率几乎等于零。如果你的父母没有结合（这是偶然的），或者结合了，未在那个特定的时刻做爱（这也是偶然的），或者做爱了，你父亲释放的成亿个精子中不是那个特定的精子使你母亲受孕（这更是偶然的），就不会有你。如果你父母各自的父母不是如此这般，就不会有你的父母，也就不会有你。这样一直可以推到你最早的老祖宗，在不计其数的偶然中，只要其中之一改变，你就压根儿不会诞生。难道你能为你未曾诞生而遗憾吗？这岂不就像为你的父母、祖父母、外祖父母等在某月某日未曾做爱而遗憾一样可笑吗？那么，你就权当你未曾诞生好了，这样便不会把死当一回事了。无论如何，一个偶然得不能再偶然的存在，一件侥幸到非分地步的礼物，失去了是不该感到委屈的。滚滚长河中某一个偶然泛起的泡沫，有什么理由为它的迸裂愤愤不平呢？

然而，我还是委屈，还是不平！我要像金圣叹一样责问天地："既已生我，便应永在；脱不能尔，便应勿生。如之何本无有我……无端而忽然生我；无端而忽然生者，又正是我；无端而忽然生一正是之我，又不容之少住……"尽管金圣叹接着替天地开脱，说既为天地，安得不生，无论生谁，都各个自以为我，其实未尝生我，我固非我，但这一番逻辑实出于不得已，只是为了说服自己接受我之必死的事实。

一种意识到自身存在的存在按其本性是不能设想自身的非存在的。我知道我的出生纯属偶然，但是，既已出生，我就不再能想象我将不存在。我甚至不能想象我会不出生，一个绝对没有我存在过的宇宙是超乎我的想象力的。我不能承认我只是永恒流变中一个可有可无旋生旋灭的泡影，如果这样，我是没有勇气活下去的。大自然产生出我们这些具有自我意识的个体，难道只是为了让我们意识到我们仅是幻象，而它自己仅是空无？不，我一定要否认。我要同时成为一和全，个体和整体，自我和宇宙，以此来使两者均获得意义。也就是说，我不再劝说自己接受死，而是努力使自己相信某种不朽。正是为了自救和救世，不肯接受死亡的灵魂走向了宗教和艺术。

九

“信仰就是愿意信仰；信仰上帝就是希望真有一个上帝。”乌纳穆诺的这句话点破了一切宗教信仰的实质。

我们第一不能否认肉体死亡的事实，第二不能接受死亡，剩下的唯一出路是为自己编织出一个灵魂不死的梦幻，这个梦幻就叫作信仰。借此梦幻，我们便能像贺拉斯那样对自己说：“我不会完全死亡！”我们需要这个梦幻，因为如惠特曼所云：“没有它，整个世界才是一个梦幻。”

诞生和死亡是自然的两大神秘。我们永远不可能真正知道，我们从何处来，到何处去。我们无法理解虚无，不能思议不存在。这就使得我们不仅有必要而且有可能编织梦幻。谁知道呢，说不定事情如我们所幻想的，冥冥中真有一个亡灵继续生存的世界，只是因为阴阳隔绝，我们不可感知它罢了。当柏拉图提出灵魂不死说时，他就如此鼓励自己：“荣耀属于那值得冒险一试的事物！”帕斯卡尔则直截了当地把关于上帝是否存在的争论形容为一场赌博，理智无法决定，唯凭抉择。赌注下在上帝存在这一面，赌赢了就赢得了一切，赌输了却一无所失。反正这是唯一的希望所在，宁可信其有，总比绝望好些。

可是，要信仰自己毫无把握的事情，又谈何容易。帕斯卡尔的办法是，向那些盲信者学习，遵循一切宗教习俗，事事做得好像是在信仰着的那样。“正是这样才会自然而然使你信仰并使你牲畜化。”他的内心独白：“但，这是我所害怕的。”立刻反问自己：“为什么害怕呢？你有什么可丧失的呢？”非常形象！说服自己真难！对于一个必死的人来说，的确没有什么可丧失的。也许会丧失一种清醒，但这清醒正是他要除去的。一个真正为死所震撼的人要相信不死，就必须使自己“牲畜化”，即变得和那些从未真正思考过死亡的人（盲信者和不关心信仰者均属此列）一样。对死的思考推动人们走向宗教，而宗教的实际作用却是终止这种思考。从积极方面说，宗教倡导一种博爱精神，其作用也不是使人们真正相信不死，而是在博爱中淡忘自我及其死亡。

我姑且假定宗教所宣称的灵魂不死或轮回是真实的，即使如此，我也不能从中获得安慰。如果这个在我生前死后始终存在着的灵魂，与此生此世的我没有意识上的连续性，它对我又有何意义？而事实上，我对我出生前的生活确是茫然无知，由此可以推知我的亡灵对我此生的生活也不会有所记忆。这个与我的尘世生命全然无关的不死的灵魂，不过是如同黑格尔的绝对精神一样的抽象体。把我说成是它的天国历程中的一次偶然堕落，或是把我说成是大自然的永恒流变中的一个偶然产物，我看不出两者之间究竟有何区别。

乌纳穆诺的话是不确的，愿意信仰未必就能信仰，我终究无法使自己相信有真正属于我的不朽。一切不朽都以个人放弃其具体的、个别的存在为前提。也就是说，所谓不朽不过是我不复存在的同义语罢了。我要这样的不朽有何用?

十

现在无路可走了。我只好回到原地，面对死亡，不回避但也不再寻找接受它的理由。

肖斯塔科维奇拒绝在他描写死亡的《第十四交响乐》的终曲中美化死亡，给人廉价的安慰。死是真正的终结，是一切价值的毁灭。死的权力无比，我们接受它并非因为它合理，而是因为非接受它不可。

这是多么徒劳：到头来你还是不愿意，还是得接受!

但我必须做这徒劳的思考。我无法只去注意金钱、地位、名声之类的小事，而对终将使自己丧失一切的死毫不关心。人生只是瞬间，死亡才是永恒，不把死透彻地想一想，我就活不踏实。

一个人只要认真思考过死亡，不管是否获得使自己满意的结果，他都好像是把人生的边界勘察了一番，看到了人生的全景和限度。如此他就会形成一种豁达的胸怀，在沉浮人世的同时也能跳出来加以审视。他固然仍有自己的追求，但不会把成功和失败看得太重要。他清楚一切幸福和苦难的相对性质，因而快乐时不会忘形，痛苦时也不致失态。

奥勒留主张“像一个将死者那样去看待事物”“把每一天都作为最后一

天度过”。例如，你渴望名声，就想一想你以及知道你的名字的今人后人都是要死的，便会明白名声不过是浮云。你被人激怒了，就想一想你和那激怒你的人都很快将不复存在，于是会平静下来。你感到烦恼或悲伤，就想一想曾因同样事情痛苦的人们哪里去了，便会觉得为这些事痛苦是不值得的。他的用意仅在始终保持恬静的心境，我认为未免消极。人生还是要积极进取的，不过同时不妨替自己保留着这样一种将死者的眼光，以便在必要的时候甘于退让和获得平静。

思考死亡的另一个收获是使我们随时做好准备，即使明天就死也不感到惊慌或委屈。尽管我始终不承认死是可以接受的，我仍赞同许多先哲的这个看法：既然死迟早要来，早来迟来就不是很重要的了。在我看来，我们应该也能够做到的仅是这个意义上的不怕死。

古希腊最早的哲人之一比阿斯认为，我们应当随时安排自己的生命，既可享高寿，也不虑早折。卢克莱修说：“尽管你活满多少世代的时间，永恒的死仍在等候着你；而那与昨天的阳光偕逝的人，比起许多月许多年以前就死去的，他死而不复存在的时间不会是更短。”奥勒留说：“最长寿者将被带往与早夭者相同的地方。”因此，“不要把按你能提出的许多年后死而非明天死看成什么大事”。我觉得这些话都说得很在理。面对永恒的死，一切有限的寿命均等值。在我们心目中，一个古人，一个几百年前的人，他活了多久，缘何而死，会有什么重要吗？漫长岁月的间隔使我们很容易扬弃种种偶然因素，而一目了然地看到他死去的必然性：怎么着他也活不到今天，终归是死了！那么，我们何不置身遥远的未来，也这样来看待自己的死呢？这至少可以使我们比较坦然地面对突如其来的死亡威胁。我对生命是贪婪的，活得再长久也不能死而无憾。但是既然终有一死，为寿命长短忧虑便是不必要的，能长寿当然好，如果不能呢，也没什么，反正是一回事！萧伯纳高龄时自拟墓志铭云：“我早就知道无论我活多久，这种事情迟早总会发生的。”我想，我们这些尚无把握享高龄的人应能以同样达观的口吻说：既然我知道这种事情迟早总会发生，我就不太在乎我能活多久了。一个人若能看穿寿命的无谓，他也就尽其所能地获得了对死亡的自由。他也许仍畏惧形而上意义上的死，即寂灭和虚无，但对于日常生活中的死，即由疾病或灾祸造成的他的具体的死，他已在相当程度上克服了恐惧之感。

死是个体的绝对毁灭，倘非自欺欺人，从中绝不可能发掘出正面的价值来。但是，思考死对于生却是有价值的，它使我能以超脱的态度对待人生一切遭际，其中包括作为生活事件的现实中的死。如此看来，对死的思考尽管徒劳，却并非没有意义。

人生既是零，又是全，是零和全的统一。用全否定零，以反抗虚无，又用零否定全，以约束贪欲，智慧仿佛走着这螺旋形的路。

生命观与人生意义

最近有一所学校开展生命教育，让我题词，我写了三句话：热爱生命是幸福之源；同情生命是道德之本；敬畏生命是信仰之端。

这三句话，表达了我对生命观与人生意义之关系的看法。人生的意义，在世俗层次上即幸福，在社会层次上即道德，在超越层次上即信仰，皆取决于对生命的态度。

幸福是对生命的享受，对生命种种美好经历的体验，当然要以热爱生命为前提。哀莫大于心死，一个人内在生命力枯竭，就不会再有什么事情能使他感到幸福了。

孟子说："恻隐之心，仁之端也。"亚当·斯密说："同情是道德的根源，由之产生两种基本美德，即正义和仁慈。"可见中西大哲皆认为，道德是建立在生命与生命的互相同情之基础上的。同样，道德之沦丧，起于同情心之死灭。

基督教相信生命来自神，佛教不杀生。其实，不必信某一宗教，面对生命的奇迹，敬畏之心油然而生是最自然而然的事情。泰戈尔说：“我的主，你的世纪，一个接着一个，来完成一朵小小的野花。”这已经就是信仰了。相反，对生命毫无敬畏之心的人，必与信仰无缘。

内在生命的伟大

一

小时候，也许我也曾经像那些顽童一样，尾随一个盲人、一个瘸子、一个驼背、一个聋哑人，在他们的背后指指戳戳，嘲笑，起哄，甚至朝他们身上扔石子。如果我那样做过，现在我忏悔，请求他们的原谅。

即使我不曾那样做过，现在我仍要忏悔。因为在很长的时间里，我多么无知，竟然以为残疾人和我是完全不同的种类，在他们面前，我常常怀有一种愚蠢的优越感，一种居高临下的怜悯。

现在，我当然知道，无论是先天的残疾，还是后天的残疾，这厄运没有落到我的头上，只是侥幸罢了。遗传，胚胎期的小小意外，在人生任何年龄都可能遭遇突发的病变、车祸、地震等不可预测的飞来横祸，种种造成了残疾的似乎偶然的灾难原是必然会发生的，无人能保证自己一定不被选中。

被选中诚然是不幸，但是，暂时——或者，直到生命终结，那其实也是暂时——未被选中，又有什么可优越的？那个病灶长在他的眼睛里，不是长在我的眼睛里，他失明了，我仍能看见。那场地震发生在他的城市，不是发生在我的城市，他失去了双腿，我仍四肢齐全……我要为此感到骄傲吗？我多么浅薄啊！

上帝掷骰子，我们都是芸芸众生，都同样地无助。阅历和思考使我懂得了谦卑，懂得了天下一切残疾人都是我的兄弟姐妹。在造化的恶作剧中，他们是我的替身，他们就是我，他们在替我受苦，他们受苦就是我受苦。

二

我继续问自己：现在我不瞎不聋，肢体完整，就证明我不是残疾人了吗？我双眼深度近视，摘了眼镜寸步难行，不敢独自上街。在运动场上，我跑不快，跳不高，看着那些矫健的身姿，心中只能羡慕。置身于一帮能歌善舞的朋友中，我为我的身体的笨拙和歌喉的喑哑而自卑。在所有这些时候，我岂不都觉得自己是一个残疾人吗？

事实上，残疾与健全的界限是十分相对的。从出生那一天起，我们每一个人的身体就已经注定要走向衰老，会不断地受到损坏。由于环境的限制和生活方式的片面，我们的许多身体机能没有得到开发，其中有一些很可能已经萎缩。严格地说，世上没有绝对健全的人。有形的残缺仅是残疾的一种，在一定的意义上，人人皆患着无形的残疾，只是许多人对此已经适应和麻木了而已。

人的肉体是一架机器，如同别的机器一样，它会发生故障，会磨损、折旧，并且终于报废。人的肉体是一团物质，如同别的物质一样，它由元素聚合而成，最后必定会因元素的分离而解体。人的肉体实在太脆弱了，它经受不住钢铁、石块、风暴、海啸的打击，火焰会把它烤焦，严寒会把它冻伤，看不见的小小的病菌和病毒也会置它于死地。

不错，我们有千奇百怪的养生秘方，有越来越先进的医疗技术，有超级补品冬虫夏草，有健身房、整容术，这一切都是用来维护肉体的。可是，纵然有这一切，我们仍无法防备种种会损毁肉体的突发灾难，仍不能逃避肉体的必然衰老和死亡。

我不得不承认，如果人的生命仅是肉体，则生命本身就有着根本的缺陷，它注定会在岁月的风雨中逐渐地或突然地缺损，使它的主人成为明显或不明显的残疾人。那么，生命抵御和战胜残疾的希望究竟何在？

三

此刻我的眼前出现了一系列高贵的残疾人形象。在西方，从盲诗人荷马，到双耳失聪的大音乐家贝多芬，双目失明的大作家博尔赫斯，全身瘫痪的大科学家霍金，当然，还有又瞎又聋的永恒的少女海伦·凯勒。在中国，从受了腐刑的司马迁，受了膑刑的孙膑，到瞎子阿炳，以及坐着轮椅在文字之境中自由驰骋的史铁生。他们的肉体诚然缺损了，但他们的生命因此也缺损了吗？当然不，与许多肉体没有缺损的人相比，他们拥有的是多么完整而健康的生命。

由此可见，生命与肉体显然不是一回事，生命的质量肯定不能用肉体的状况来评判。肉体只是一个躯壳，是生命的载体，它的确是脆弱的，很容易破损。但是，寄寓在这个躯壳之中，又超越于这个躯壳，我们更有一个不易破损的内在生命，这个内在生命的通俗名称叫作精神或者灵魂。就其本性来说，灵魂是一个单纯的整体，而不像肉体那样由许多局部的器官组成。外部的机械力量能够让人的肢体断裂，但不能切割下哪怕一小块人的灵魂。自然界的病菌能够损坏人的器官，但没有任何路径可以侵蚀人的灵魂。总之，一切能够致残肉体的因素，都不能致残我们的内在生命。正因为此，一个人无论躯体怎样残缺，仍可使自己的内在生命保持完好无损。

原来，上帝只在一个不太重要的领域里掷骰子，在现象世界拨弄芸芸众生的命运。在本体世界，上帝是公平的，人人都被赋予了一个不可分割的灵魂，一个永远不会残缺的内在生命。同样，在现象世界，我们的肉体受千百种外部因素的支配，我们自己做不了主人。可是，在本体世界，我们是自己内在生命的主人，不管外在遭遇如何，都能够以有尊严的方式活着。

四

诗人里尔克常常歌咏盲人。在他的笔下，盲人能穿越纯粹的空间，能听见从头发上流过的时间和在脆玻璃上丁零作响的寂静。在热闹的世界上，盲人是安静的，而他的感觉是敏锐的，能以小小的波动把世界捉住。最后，面对死亡，盲人有权宣告：“那把眼睛如花朵般摘下的死亡，将无法企及我的双眸……”

是的，我也相信，盲人失去的只是肉体的眼睛，心灵的眼睛一定更加明亮，能看见我们看不见的事物，生活在一个更本质的世界里。

感官是通往这个世界的门户，同时也是一种遮蔽，会使人看不见那个更高的世界。貌似健全的躯体往往充满虚假的自信，踌躇满志地要在外部世界里闯荡，寻求欲望和野心的最大满足。相反，身体的残疾虽然是限制，但同时也是一种敞开。看不见有形的事物了，却可能因此看见了无形的事物。不能在人的国度里行走了，却可能因此行走在神的国度里。残疾提供了一个机会，使人比较容易觉悟到外在生命的不可靠，从而更加关注内在生命，致力于灵魂的锻炼和精神的创造。

在这个意义上，不妨说，残疾人更受神的眷顾，离神更近。

五

上述思考为我确立了认识残奥会的一个角度、一种立场。

残疾人为何要举办体育运动会？为何要撑着拐杖赛跑，坐着轮椅打球？是为了证明他们残缺的躯体仍有力量和技能吗？是为了争到名次和荣誉吗？从现象看，是；从本质看，不是。

其实，与健康人的奥运会比，残奥会更加鲜明地表达了体育的精神意义。人们观看残奥会，不会像观看奥运会那样重视比赛的输赢。人们看重的是什么？残奥会究竟证明了什么？

我的回答是：证明了残疾人仍然拥有完整的内在生命，在生命本质的意义上，残疾人并不残疾。

残奥会证明了人的内在生命的伟大。

生命树上的果子

按照《圣经》的传说，人类一开始是住在伊甸园里的。那时候，人无忧无虑地生活着，不知什么叫苦恼，所以伊甸园又名乐园。伊甸园是一所美丽的大花园，里面栽着许多树。其中，有两棵很特别的树，一棵叫智慧树，另一棵叫生命树。上帝禁止人类的祖先亚当和夏娃吃智慧树上的果子，可是，据说在一条蛇的诱惑下，他们终于偷吃了那智慧果。上帝怕他们再偷吃生命树上的果子，便把他们赶出了伊甸园。

我们不妨把这则传说当作寓言来读。神与人的区别，无非一是无所不知的智慧，二是长生不老的生命。吃了智慧果，人已经有了神的智慧，不说无所不知，至少也比一般动物高明得多，懂得思考了。一旦再偷吃生命果，与神一样长生不死，就和神没有什么区别了。所以，上帝当然不肯让人吃到生命果。与别的动物相比，人一方面有智慧，足以知生死，天下唯有人这种动物在活着时能预知自己的死亡，另一方面又和别的一切动物一样必死无疑。人就好像已经脱离了兽界的蒙昧，却又不能达到神界的不朽，这种尴尬的位置给人带来了无穷的苦恼。

几乎每一个人在童年和少年时期都会有那样一个时候，他的自我意识逐渐觉醒，突然有一天，他确凿无疑地明白了自己迟早也会和所有人一样地死去。这是一种极其痛苦的内心体验，如同发生了一场地震一样，人生的快乐和信心因之而动摇甚至崩溃了。想到自己在这世界上的存在只是暂时的，总有一天会化为乌有，一个人就可能对生命的意义发生根本的怀疑。不过，随着年龄增长，多数人似乎渐渐麻木了，实际上是在有意无意地回避。我常常发现，当孩子问到有关死的问题时，他们的家长便往往惊慌地阻止，叫他不要瞎想。其实，这哪里是瞎想呢，死是人生第一个大问题，古希腊哲学家还把它看作最重要的哲学问题，无人能回避得了。我相信，那些从小就敢于正视和思考这个问题的人，在长大之后对人生往往能持比较深刻的理解和正确的态度。

自从亚当和夏娃被逐出伊甸园后，他们的子孙一直在寻找那棵上帝禁止人类靠近的生命树。战胜死亡，赢得不朽，是人类一贯的梦想。既然肉体的死亡不可避免，人们就试图获得某种精神上的不死。西方人信奉基督教，根本的动机是为了使自己相信灵魂不死，在肉体死亡后，人的灵魂能升入天堂。在中国，儒家强调“立德”“立功”“立言”，即留下能够传之后世的品德、功绩、文章，“虽久不废，此之谓不朽”，道家则追求一种与宇宙大化融为一体的“不生不死”的境界。我不相信人死后灵魂还能继续活着，也不认为留下身后的名声有什么意义。但是，把肉体的易朽变成一种动力，驱策自己去追求某种永恒的精神价值，这无疑是积极的人生态度。不管这种精神价值是否真能达于永恒，对它的追求本身就可以使人更加容易与死亡达成和解，同时也赋予生命以超出有限的肉体存在的意义。

应该相信，在人类精神的伊甸园里，必有一棵生命树，树上必有一颗属于你的果子。去寻找这颗属于你的果子，这是你毕生的使命。只要你忠于这使命，你一定会觉得，即使死亡不可避免，你的生命也没有虚度。

第四章 哲学与你有缘

一个人倘若想明白了人生的道理，做人就一定会做得好，而这也就是幸福。

哲学与你有缘

一、哲学就是谈心

公元前 5 世纪是哲学的世纪，东西方各有圣人出——孔子和苏格拉底，分别奠定了中西方两千多年的精神传统。这两位大哲，一生致力于做一件事，就是和年轻人谈心。他们都不设课堂，不留文字，谈心是他们从事哲学的主要方式。只是到了身后，弟子把老师的言论整理成书，于是中国有《论语》，西方有《柏拉图对话录》，成为中西哲学之元典。

一个人要和别人谈心，必须先和自己谈心。孔子和苏格拉底想必亦如此，是把和自己谈心的所得告诉了学生。和自己谈心，这正是基本的哲学活动，而它是我们每个人都可以进行的。

你也许会说：谈心还不容易？且慢，请回想一下，你有多少时间是在和自己谈心？我们平时忙于事务，和自己谈的——也就是脑中想的——多半也是事，怎么做某件事、怎么与人打交道之类。陷在事之中，这个状态是最不哲学的。不过，只要你愿意，还是可以抽出一些时间和自己谈心的，而养成了这个习惯，就是进入了一种哲学的生活状态。

二、哲学开始于惊疑

谈心谈什么？谈宇宙、谈人生，总之是谈大问题。从事中跳出来，看宇宙和人生的全景，想大问题，你的心就会变得开阔。

柏拉图有言：哲学开始于惊疑——惊奇和疑惑。惊奇，面对的是宇宙；疑惑，面对的是人生。无论是人类，还是个人，一旦对宇宙感到惊奇，对人生感到困惑，哲学就开始了。

在古希腊，最早的哲学开始于仰望星空，早期哲学家多半是天文学家。古希腊第一个哲学家泰勒斯，总是专注于抬头看天，有一回不慎掉入井中，因此遭到身边女仆的嘲笑，笑他急于知道天上的事情，却看不见地上的事物。我替泰勒斯回答她：宇宙无限，人类的活动范围如此狭小，忙于地上的事情而不去探究天上的道理，岂不是更可笑的无知？

到了苏格拉底，希腊哲学发生了一个转折。按照西塞罗的说法，苏格拉底是第一个把哲学从天上召唤到地上来的人。他的哲学聚焦于人生，看见人们似乎明白实际是麻木地生活着，他就用追根究底的提问使之产生疑惑，激励其开始思考人生。他的这种做法得罪了许多人，因此被雅典法庭判处死刑。宣判之时，他在法庭上说出了一句流传千古的名言：“未经思考的人生不值得一过。”

康德说：世上最使人敬畏的两样东西是头上的星空和心中的道德律。哲学无非是做两件事，一是思考头上的星空，宇宙的奥秘；二是思考心中的道德律，做人的道理。所以，可以这样给哲学下定义：哲学是对世界和人生的根本问题的思考。

三、孩子都是哲学家

人们常常说哲学玄虚、抽象、艰涩，其实不然。用哲学的定义来衡量，你会发现，孩子都是哲学家。

以我的女儿为例。4 岁时她问：“天上有什么？”妈妈答：“云。”问：“云后面呢？”答：“星星。”问：“星星后面呢？”答：“还是星星。”问：“最后的最后是什么？”答：“没有最后。”问：“怎么会没有最后？”妈妈语塞。她又问：“第一个人是从哪儿来的？”答：“中国神话说是女娲造的。”问：“女娲是谁造的？”妈妈也语塞。女儿 5 岁时知道人长大了会老会死，因此常说一句话：“我不想长大。”有一天她自语：“假如时间不过去该多好，我就不会长大了。”然后她问我：“为什么时间会过去？”我同样是语塞。

其实，做父母的只要留心，都会发现自己的孩子问过类似的问题。这类问题之所以回答不了，原因不是缺乏相关知识，而是因为超越了知识的范围，是所谓终极追问。这正是哲学问题的特点。

请回想一下，在童年时代，当你仰望星空之时，何尝不是对宇宙之谜怀有一种神秘感？当你知道生必有死之时，何尝不是对生命意义产生了一种困惑？反过来说，面对浩渺宇宙不感到惊奇，面对短暂人生不感到疑惑，岂不是最大的麻木？所以，哲学问题绝不是某几个头脑古怪的哲学家挖空心思想出来的，而是人生本身就包含着的。如果你葆有孩子般纯真的心智，它们一定仍然是你的问题。

四、哲学没有标准答案

哲学是对世界和人生的根本问题的思考——在这个定义中，请注意两个关键词。其一，根本问题。哲学不只是方法论，如果你撇开根本问题，只是琢磨用什么聪明的方法去解决一些枝节问题，你就仍然与哲学无缘。其二，思考。哲学不是教条，如果你放弃独立思考，只是记诵一些现成的结论，你离哲学就比没有学这些教条的时候更远了。

哲学上的根本问题，比如世界的本质和人生的意义，原是没有最终答案的，更不存在所谓标准答案。如果有一种哲学宣称能给你一个标准答案，那一定是伪哲学。哲学的原义是爱智慧，什么是爱智慧？未经思考的人生不值得一过——苏格拉底的这句名言是最好的注解，就是绝不肯糊里糊涂地活，一定要想明白人生的道理。可是，教条式的哲学教学做的正是相反的事情，恰恰是要给你一个不思考的人生。

所以，我认为必须改革我们的哲学教学。哲学教材应该以问题为核心，辑录大哲学家们的相关著作，让年轻人知道人类最伟大的头脑在思考什么问题，有些什么不同的思路。通过这样的学习，唤醒你心中本来就存在的类似问题，使你对它们的思考保持在活跃和认真的状态。达到了这个效果，你就是真正进入了哲学。

五、哲学让你有一个好心态

也许有人要问：既然哲学问题没有最终答案，思考它们又有何用？我的回答是：想这些无用问题的用处，就是让你有一个好心态。

首先，一个想宇宙和人生大问题的人，眼界和心胸比较开阔，在日常生活中就会比较超脱。王尔德说："我们都生活在阴沟里，但我们中有些人仰望星空。"可以想见，当人们热衷于阴沟里的争斗之时，仰望星空的人是不会参与其中的。相反，如果你的人生没有广阔的参照系，就容易把全部注意力放在眼前的事情上，事情多么小也会被无限放大，结果便是死在一件小事上。

其次，人生哲学的核心是价值观。在价值观的问题上，当然也不存在最终答案，但你可以有自己的选择，而这个选择事关重大。唯有从人生的全景出发，你才能看明白人生中什么是重要的，什么是不重要的，而这正是哲学的作用。因此，对于重要的东西，你可以看得准、抓得住；对于不重要的东西，你可以看得开、放得下。做到大事不糊涂，小事不纠结，从而活得更积极也更超脱。

说到底，哲学解决的是心的问题，是要让你的心有一个好的状态。

当我感觉到自己的肢体和血管里布满了新鲜的、活跃的生命之时，我的确认为：此时此刻我是世上最幸福的人了。

哲学开始于仰望天穹

哲学是从仰望天穹开始的。

每个人在童年时期必定会有一个时刻，也许是在某个夏夜，抬头仰望，突然发现了广阔无际的星空。这时候，他的心中会油然生出一种神秘的敬畏感，一个巨大而朦胧的问题开始叩击他的头脑：世界是什么？

这是哲学的悟性在心中觉醒的时刻。每个人心中都有这样的悟性，可是并非每个人都能够把它保持住的。随着年龄增长，我们日益忙碌于世间的事务，上学啦，做功课啦，考试啦，毕业后更不得了，要养家糊口，发财致富，扬名天下，哪里还有闲工夫去看天空，去想那些“无用”的问题？所以，生活越来越繁忙，世界越来越喧闹，而哲学家越来越稀少了。

当然，对于大多数人来说，这是不得已的，也是无可指责的。不过，如果你真的对哲学感兴趣，那你就最好把闲暇时看电视和玩游戏机的时间省出一些来，多到野外或至少是户外去，静静地看一会儿天，看一会儿云，看一会儿繁星闪烁的夜空。有一点我敢断言：对于大自然的神秘无动于衷的人，是不可能真正领悟哲学的。

关于古希腊最早的哲学家泰勒斯，有一则广泛流传的故事。有一回，他走在路上，抬头仰望天上的星象，如此入迷，竟然不小心掉进了路旁的一口井里。这情景被一个姑娘看见了，便嘲笑他只顾看天而忘了地上的事情。姑娘的嘲笑也许不无道理，不过，泰勒斯一定会回答她说，在无限的宇宙中，人类的活动范围是如此狭小，忙于地上的琐事而忘了看天是一种更可笑的无知。

包括泰勒斯在内的好几位古希腊哲学家同时都是天文学家，这大概不是偶然的。德国哲学家康德说，世上最使人惊奇和敬畏的两样东西就是头上的星空和心中的道德律。中国最早的哲学家孔子、墨子、老子、孟子也都曾默想和探究“天”的道理。地上沧桑变迁，人类世代更替，苍天却千古如斯，始终默默无言地覆盖着人类的生存空间，衬托出了人类存在的有限和生命的短促。它的默默无言是否蕴含着某种高深莫测的意味？它是神的居所还是物质的大自然？仰望天穹，人不由自主地震撼于时间的永恒和空间的无限，于是发出了哲学的追问：这无始无终无边无际的世界究竟是什么？

世界有没有一个“本来面目”？

好吧，让我们承认，我们人类所能认识的世界只是形形色色的现象世界。那么，在这个或者这许多个现象世界背后，究竟有没有一个不是现象世界的本来世界呢？康德说有的，但我们永远无法认识，所以他称之为“自在之物”。我们且假定他说得对，让我们来设想它会是什么样子的。

可是怎么设想呢？根本无法设想！只要我们试图设想，我们就必须把自己当作一个认识者，把这个所谓本来世界置于和我们的关系之中，从而它就不再是本来世界，而是现象世界了。也许我们可以想象自己是上帝，因而能够用一种全智全能的方式把它一览无遗？可是，所谓全智全能无非是有最完善的感官和最完善的思维，从而能够从一切角度、用一切方法来认识它，而这样做的结果又无非是得到了无数个现象世界。我们除非把这无数个现象世界的总和叫作本来世界，否则就根本不能设想有什么本来世界。

事实正是如此：无论人、上帝还是任何可能的生灵，只要想去认识这个世界，就必须有一个角度。你可以变换角度，但没有任何角度是不可能进行认识的。从不同角度出发，看到的只能是不同的现象世界。除去这一切可能的现象世界，就根本不存在世界了，当然也就不存在所谓本来世界了。我们面前放着一只苹果，一个小男孩见了说：我要吃。他看到的是作为食品现象的苹果。一个植物学家见了说：这是某种植物的果实。他看到的是作为植物现象的苹果。一个生物学家见了说：这只苹果是由细胞组成的。他看到的是作为生物现象的苹果。一个物理学家见了说：不对，它的最基本结构是分子、原子、电子，等等。他看到的是作为物理现象的苹果。一个基督徒见了也许会谈论起伊甸园里的苹果和亚当夏娃的原罪，他看到的是作为宗教文化现象的苹果。还会有不同的人对这只苹果下不同的判断，把它看作不同的现象。如果你说所有这些都只是这只苹果的现象，而不是这只苹果本身，那么，请你告诉我，这只苹果本身是什么东西，它在哪里？

由于在现象世界背后不存在一个本来世界，有的哲学家就认为一切都是假象，都是梦。在这方面，佛教最彻底，认为万物皆幻象，世界整个就是一个空。可是，我们不妨转换一下思路。所谓真和假，实和幻，都是相对而言的。如果存在着一个本来世界，那么，与它相比，现象世界就是假象。现在，既然并不存在这样一个本来世界，我们岂不可以说，一切现象世界都是真实的，都有存在的权利？一位诗人吟唱道："平坦的大地，太阳从东方升起，落入西边的丛林里。"这时候，你即使是哥白尼，也不能反驳他说："你说得不对，地球不是平坦的，而是圆的，太阳并没有升起落下，而是地球在自转。"

智慧的诞生

一

许多年里，我的藏书屡经更新，有一本很普通的书却一直保留了下来。这是一册古希腊哲学著作的选辑。从学生时代起，它就跟随着我，差不多被我翻破了。每次翻开它，无须阅读，我就会进入一种心境，仿佛回到了人类智慧的源头，沐浴着初生哲学的朝晖。

古希腊是哲学的失去了的童年。人在童年最具纯正的天性，哲学也是如此。使我明白何谓哲学的，不是教科书里的定义，而是希腊哲人的懿言嘉行。雪莱曾说，古希腊史是哲学家、诗人、立法者的历史，后来的历史则变成了国王、教士、政治家、金融家的历史。我相信他不只是在缅怀昔日精神的荣耀，而且是在叹息后世人性的改变。最早的哲学家是一些爱智慧而不爱王国、权力和金钱的人，自从人类进入成年，并且像成年人那样讲求实利，这样的灵魂是愈来愈难以产生和存在了。

一个研究者也许要详析希腊各个哲学家之间的差异和冲突，把他们划分为不同的营垒。然而，我只是一个欣赏者。当我用欣赏的眼光观看公元前5世纪前后希腊的哲学舞台时，首先感受到的是哲学家们一种共同的精神素质，那就是对智慧的热爱，从智慧本身获得快乐的能力，当然，还有承受智慧的痛苦和代价的勇气。

二

在世人眼里，哲学家是一种可笑的人物，每因其所想的事无用、有用的事不想而加嘲笑。有趣的是，当历史上出现第一个哲学家时，这样的嘲笑即随之发生。柏拉图记载："据说泰勒斯仰起头来观看星象，却不慎跌落井内，一个美丽温顺的色雷斯侍女嘲笑说，他急于知道天上的东西，却忽视了身旁的一切。"

我很喜欢这个故事。由一个美丽温顺的女子来嘲笑哲学家的不切实际，倒是合情合理的。这个故事必定十分生动，以致被若干传记作家借去安在别的哲学家头上，成了一则关于哲学家形象的普遍性寓言。

不过，泰勒斯可不是一个对于世俗事务无能的人，请看亚里士多德记录的另一则故事："人们因为泰勒斯贫穷而讥笑哲学无用，他听后小露一手，通过观察星象预见橄榄将获丰收，便低价租入当地全部橄榄榨油作坊，到油坊紧张时再高价租出，结果发了大财。"他以此表明，哲学家要富起来是极为容易的，如果他们想富的话。然而这不是他们的兴趣所在。

哲学家经商肯定是凶多吉少的冒险，泰勒斯成功靠的是某种知识，而非哲学。但他总算替哲学家争了一口气，证明哲学家不爱财并非嫌葡萄酸。事实上，早期哲学家几乎个个出身望族，却蔑视权势财产。赫拉克利特、恩培多克勒拒绝王位，阿那克萨戈拉散尽遗产，此类事不胜枚举。德谟克利特的父亲是波斯王的密友，而他竟说，哪怕只找到一个原因的解释，也比做波斯王好。

据说“哲学”（philosophia）一词是毕达哥拉斯的创造，他嫌“智慧”（sophia）之称自负，便加上一个表示“爱”的词头（Philo），成了“爱智慧”。不管希腊哲人对于何为智慧有什么不同的看法，爱智慧胜于爱世上一切却是他们相同的精神取向。在此意义上，柏拉图把哲学家称作“一心一意思考事物本质的人”，亚里士多德指出哲学是一门以求知而非实用为目的的自由的学问。遥想当年泰勒斯因为在一个圆内画出直角三角形而宰牛欢庆，毕达哥拉斯因为发现勾股定理而举行百牛大祭，我们便可约略体会希腊人对于求知本身怀有多么天真的热忱了。这是人类理性带着新奇的喜悦庆祝它自己的觉醒。直到公元前 3 世纪，希腊人的爱智精神仍有辉煌的表现。当罗马军队攻入叙拉古城的时候，他们发现一个老人正蹲在沙地上潜心研究一个图形。他就是赫赫有名的阿基米德。军人要带他去见罗马统帅，他请求稍候片刻，等他解出答案，军人不耐烦，把他杀了。剑劈来时，他只来得及说出一句话：“不要踩坏我的圆！”

三

凡是少年时代迷恋过几何解题的人，对阿基米德大约都会有一种同情的理解。刚刚觉醒的求知欲的自我享受实在是莫大的快乐，令人对其余一切视而无睹。当时的希腊，才告别天人浑然不分的童稚的神话时代，正如同一个少年人一样惊奇地发现了头上的星空和周遭的万物，试图凭借自己的头脑对世界做出解释。不过，思维力的运用至多是智慧的一义，且是较不重要的一义。神话的衰落不仅使宇宙成了一个陌生的需要重新解释的对象，而且使人生成了一个未知的有待独立思考的难题。至少从苏格拉底开始，希腊哲人们更多地把智慧视作一种人生觉悟，并且相信这种觉悟乃是幸福的唯一源泉。

苏格拉底，这个被雅典美少年崇拜的偶像，自己长得像个丑陋的脚夫，秃顶、宽脸、扁阔的鼻子，整年光着脚，裹一条褴褛的长袍，在街头游说。走过市场，看了琳琅满目的货物，他吃惊地说："这里有多少东西是我用不着的！"

是的，他用不着，因为他有智慧，而智慧是自足的。若问何为智慧，我发现希腊哲人们往往反过来断定自足即智慧。在他们看来，人生的智慧就在于自觉限制对于外物的需要，过一种简朴的生活，以便不为物役，保持精神的自由。人已被神遗弃，全能和不朽均成梦想，唯在无待外物而获自由这一点上尚可与神比攀。苏格拉底说得简明扼要："一无所需最像神。"柏拉图理想中的哲学王既无恒产，又无妻室，全身心沉浸在哲理的探究中。亚里士多德则反复论证哲学思辨乃唯一的无所待之乐，因其自足性而是人唯一可能过上的"神圣的生活"。

但万事不可过头，自足也不例外。犬儒派哲学家偏把自足推至极端，把不待外物变成了拒斥外物，简朴变成了苦行。最著名的是第欧根尼，他不要居室食具，学动物睡在街面，从地上捡取食物，乃至在众目睽睽下排泄和做爱。自足失去向神看齐的本意，沦为与兽认同，哲学的智慧被勾画成了一幅漫画。当第欧根尼声称从蔑视快乐中所得到的乐趣比从快乐本身中所得到的还要多时，再粗糙的耳朵也该听得出一种造作的意味。难怪苏格拉底忍不住要挖苦他那位创立了犬儒学派的学生安提斯泰说："我从你外衣的破洞可以看穿你的虚荣心。"

学者们把希腊伦理思想划分为两条线索，一是从赫拉克利特、苏格拉底、犬儒派到斯多葛派的苦行主义，另一是从德谟克利特、昔勒尼派到伊壁鸠鲁派的享乐主义。其实，两者的差距并不如想象的那么大。德谟克利特和伊壁鸠鲁都把灵魂看作幸福的居所，主张物质生活上的节制和淡泊，只是他们并不反对享受来之容易的自然的快乐罢了。至于号称享乐学派的昔勒尼派，其首领阿里斯底波同样承认智慧在大多数情况下能带来快乐，而财富本身并不值得追求。当一个富翁把他带到家里炫耀住宅的华丽时，他把唾沫吐在富翁脸上，轻蔑地说道，在铺满大理石的地板上实在找不到一个更适合于吐痰的地方。垂暮之年，他告诉他的女儿兼学生阿莱特，他留下的最宝贵的遗产乃是"不要重视非必需的东西"。

对于希腊人来说，哲学不是一门学问，而是一种以寻求智慧为目的的生存方式，质言之，乃是一种精神生活。我相信这个道理千古不易。一个人倘若不能从心灵中汲取大部分的快乐，他算什么哲学家呢？

四

当然，哲学给人带来的不只是快乐，更有痛苦。这是智慧与生俱来的痛苦，从一开始就纠缠着哲学，永远不会平息。

想一想普罗米修斯窃火的传说或者亚当偷食智慧果的故事吧，几乎在一切民族的神话中，智慧都是神的特权，人获得智慧都是要受惩罚的。在神话时代，神替人解释一切，安排一切。神话衰落，哲学兴起，人要自己来解释和安排一切了，他几乎在踌躇满志的同时就发现了自己力不从心。面对动物或动物般生活着的芸芸众生，觉醒的智慧感觉到一种神性的快乐。面对宇宙大全，它却意识到了自己的局限，不得不承受由神性不足造成的痛苦。人失去了神，自己却并不能成为一个神，或者，用爱默生的话说，只是一个破败中的神。

所谓智慧的痛苦，主要不是指智慧面对无知所感觉到的孤独或所遭受到的迫害。在此种情形下，智慧毋宁说更多地感到一种属于快乐性质的充实和骄傲。智慧的痛苦来自于它自身的内在矛盾。希腊哲人一再强调，智慧不是知识，不是博学。再博学的人，他所拥有的也只是对于有限和暂时事物的知识。智慧却是要把握无限和永恒，由于人本身的局限，这个目标永远不可能真正达到。

大多数早期哲学家对于人认识世界的能力都持不信任态度。例如，恩培多克勒说，人“当然无法越过人的感觉和精神”，而哲学所追问的那个“全体是很难看见、听见或者用精神掌握的”。德谟克利特说：“实际上我们丝毫不知道什么，因为真理隐藏在深渊中。”请注意，这两位哲学家历来被说成是坚定的唯物论者和可知论者。

说到对人自己的认识，情形就更糟。有人问泰勒斯，世上什么事最难，他答："认识你自己。"苏格拉底把哲学的使命限定为"认识你自己"，而他认识的结果却是发现自己一无所知，于是得出结论："人的智慧微乎其微，没有价值"，而认识到自己的智慧没有价值，也就是人的最高智慧之所在了。

当苏格拉底承认自己"一无所知"时，他所承认无知的并非政治、文学、技术等专门领域，而恰恰是他的本行——哲学，即对世界和人生的底蕴的认识。其实，在这方面，人皆无知。但是，一般人无知而不自知其无知。对于他们，当然就不存在所谓智慧的痛苦。一个人要在哲学方面自知其无知，前提是他已经有了寻求世界和人生之根底的热望。而他之所以有这寻根究底的热望，必定对于人生之缺乏根底已经感到了强烈的不安。仔细分析起来，他又必定是在意识到人生缺陷的同时即已意识到此缺陷乃是不可克服的根本性质的缺陷，否则他就不至于如此不安了。所以，智慧从觉醒之日起就包含着绝望。

以爱智慧为其本义的哲学，结果却是否定智慧的价值，这真是哲学的莫大悲哀。然而，这个结果命中注定，在劫难逃。哲学所追问的那个一和全、绝对、终极、永恒，原是神的同义语，只可从信仰中得到，不可凭人的思维能力求得。除了神学，形而上学如何可能？走在寻求本体之路上的哲学家，到头来不是陷入怀疑主义，就是倒向神秘主义。在精神史上，苏格拉底似乎只是荷马与基督之间的一个过渡人物。神话的直观式信仰崩溃以后，迟早要建立宗教的理智式信仰，以求给人类生存提供一个整体的背景。智慧曾经在襁褓中沉睡而不知痛苦，觉醒之后又不得不靠催眠来麻痹痛苦，重新沉入漫漫长夜。到了近代，基督教信仰崩溃，智慧再度觉醒并发出痛苦的呼叫，可是人类还能造出什么新式的信仰呢?

不过，尽管人的智慧有其局限，爱智慧并不因此就属于徒劳。其实，智慧正是人超越自身局限的努力，唯凭此努力，局限才显现了出来。一个人的灵魂不安于有生有灭的肉身生活的限制，寻求超越的途径，不管他的寻求有无结果，寻求本身已经使他和肉身生活保持了一个距离。这个距离便是他的自由，他的收获。智慧的果实似乎是否定性的：理论上——“我知道我一无所知”；实践上——“我需要我一无所需”。然而，达到了这个境界，在谦虚和淡泊的哲人胸怀中，智慧的痛苦和快乐业已消融为一种和谐的宁静了。

五

人们常说：希腊人尊敬智慧，正如印度人尊敬神圣、意大利人尊敬艺术、美国人尊敬商业一样；希腊的英雄不是圣者、艺术家、商人，而是哲学家。这话仅在一定程度上是对的。例如，泰勒斯被尊为七贤之首，名望重于立法者梭伦，德谟克利特高龄寿终，城邦为他举行国葬。但是，我们还可找到更多相反的例子，证明希腊人迫害起哲学家来，其凶狠绝不在别的民族之下。雅典人不仅处死了本邦仅有的两位哲学家之一，伟大的苏格拉底，而且先后判处来自外邦的阿那克萨戈拉和亚里士多德死刑，迫使他们逃亡，又将普罗塔戈拉驱逐出境，焚毁其全部著作。毕达哥拉斯和他的四十余名弟子，除二人侥幸逃脱外，其余全部被克罗托内城的市民捕杀。赫拉克利特则差不多是饿死在爱非斯郊外的荒山中的。

希腊人真正崇拜的并非精神上的智者，而是肉体上的强者——运动员。

四年一届的奥林匹克运动会上的优胜者不但可获许多奖金，而且名满希腊，乃至当时希腊历史纪年也以他们的名字命名。克塞诺芬尼目睹此情此景，不禁提出抗议：“这当然是一种毫无根据的习俗，重视体力过于重视可贵的智慧，乃是一件不公道的事情。”这位哲学家平生遭母邦放逐，身世对照，自然感慨系之。仅次于运动员，出尽风头的是戏剧演员，人们给竞赛获奖者戴上象牙冠冕，甚至为之建造纪念碑。希腊人实在是一个爱娱乐远胜于爱智慧的民族。然而，就人口大多数言，哪个民族不是如此？古今中外，老百姓崇拜的都是球星、歌星、影星之类，哲学家则难免要坐冷板凳。对此不可评其对错，只能说人类天性如此，从生命本能的立场看，也许倒是正常的。

令人深思的是，希腊哲学家之受迫害，往往发生在民主派执政期间，通过投票做出判决，且罪名一律是不敬神。哲人之为哲人，就在于他们对形而上学问题有独立的思考，而他们思考的结果却要让从不思考这类问题的民众来表决，其命运就可想而知了。民主的原则是少数服从多数，哲学家却总是少数，确切地说，总是天地间独此一人，所需要的恰恰是不服从多数也无须多数来服从他的独立思考的权利，这是一种超越于民主和专制之政治范畴的精神自由。对于哲学家来说，不存在最好的制度，只存在最好的机遇，即一种权力对他的哲学活动不加干预，至于这权力是王权还是民权好像并不重要。

在古希腊，至少有两位执政者是很尊重哲学家的。一位是雅典民主制的缔造者伯里克利，据说他对阿那克萨戈拉怀有“不寻常的崇敬和仰慕”，执弟子礼甚勤。另一位是威震欧亚的亚历山大大帝，他少年时师事亚里士多德，登基后仍尽力支持其学术研究，并写信表示：“我宁愿在优美的学问方面胜过他人，而不愿在权力统治方面胜过他人。”当然，事实是他在权力方面空前地胜过了他人。不过，他的确是一个爱智慧的君主。更为脍炙人口的是他在科林斯与第欧根尼邂逅的故事。当时第欧根尼正躺着晒太阳，大帝说：“朕即亚历山大。”哲人答：“我是狗崽子第欧根尼。”问：“我能为你效什么劳？”答：“不要挡住我的太阳。”大帝当即叹道：“如果我不是亚历山大，我便愿意我是第欧根尼。”

如果说阿那克萨戈拉和亚里士多德有幸成为王者师，那么，还有若干哲学家则颇得女人的青睐。首创女校和沙龙的阿斯帕西娅是西方自由女性的先驱，极有口才，据说她曾与苏格拉底同居并授以雄辩术，后来则成了伯里克利的伴侣。一代名妓拉依斯，各城邦如争荷马一样争为其出生地，身价极高，但她却甘愿无偿惠顾第欧根尼。另一位名妓弗里妮，平时隐居在家，出门遮上面纱，轻易不让人睹其非凡美貌，却因倾心于柏拉图派哲学家克塞诺克拉特之清名，竟主动到他家求宿。伊壁鸠鲁的情妇兼学生李昂馨，也是一位多才多艺的妓女。在当时的雅典，这些风尘女子是妇女中最有文化和情趣的佼佼者，见识远在一般市民之上，遂能慧眼识哲人。

如此看来，希腊哲学家的境遇倒是值得羡慕的了。试问今日有哪个亚历山大会师事亚里士多德，有哪个拉依斯会宠爱第欧根尼？当然，你一定会问：今日的亚里士多德和第欧根尼又在哪里？那么，应该说，与后世相比，希腊人的确称得上尊敬智慧，希腊不愧是哲学和哲学家的圣地。

热爱生命是幸福之源；同情生命是道德之本；敬畏生命是信仰之端。

你的“自我”在哪里？

一个孩子摔了一跤，觉得痛，便说：“我痛了。”接着又说：“我不怕痛。”这个觉得痛的“我”和这个不怕痛的“我”是不是同一个“我”呢?

一个男孩爱上了一个女孩，可是女孩不爱他。他对自己说：“我太爱她了。”接着说：“可是我知道她不爱我。”然后发誓道：“我一定要让她爱上我！”在这里，爱上女孩的“我”、知道女孩不爱自己的“我”以及发誓要让女孩爱上自己的“我”又是不是同一个“我”呢?

一位著名的作家叹息说：“我获得了巨大的名声，可是我仍然很孤独。”这个获得名声的“我”和这个孤独的“我”是不是同一个“我”？

我在照镜子，从镜子里审视着自己。那个审视着我自己的“我”是谁?那个被我自己审视的“我”又是谁?他们是不是同一个“我”？

你拉开抽屉，发现一张你小时候的照片，便说：“这是小时候的我。”

你怎么知道这是小时候的“我”呢？小时候的“我”和现在的“我”是凭什么东西成为同一个“我”的呢？

夜深人静之时，你一人独处，心中是否浮现过这样的问题：“我是谁？我从哪里来？我将到哪里去？”

古希腊哲学家苏格拉底把“认识你自己”看作哲学的最高要求。可是，认识“自我”真是一件比认识世界更难的事。上面的例子说明，它至少包括以下三个难题：

第一，我有一个肉体，又有一个灵魂，其间的关系是怎样的？有人说，灵魂只是肉体的一种功能。如果真是这样，为什么灵魂有时候会反叛肉体，譬如说，会为了一种理想而忍受酷刑甚至牺牲生命？如果不是这样，灵魂是不同于肉体并且高于肉体的，那么，它也必有高于肉体的来源，那来源又是什么？如此不同的两样东西是怎么能够结合在一起的？既然它不来源于肉体，为什么还会与肉体一同死亡？或者相反，在肉体死亡之后，灵魂仍能继续存在？

第二，灵魂究竟是什么？如果说它是指我的全部心理活动和内心生活，那么，它就是一个非常复杂的东西。一方面，它包括理性的思维、观念、知识、信仰，等等。另一方面，它包括非理性的情绪、情感、欲望、冲动，等等。其中，究竟哪一个方面代表真正的“自我”呢？有的哲学家主张前者，认为理性是人区别于动物的本质特征，因而不同个人之间的真正区别也在于理性的优劣强弱。有的哲学家主张后者，认为理性只是人的社会性一面，个人的真正独特性和个人一切行为的真实动机深藏在无意识的非理性冲动之中。他们究竟谁对谁错，或者都有道理？

第三，我从小到大经历了许多变化，凭什么说我仍是那同一个“我”呢？是凭我对往事的记忆吗？那么，如果我因为某种疾病暂时或长久丧失了记忆，我还是不是“我”呢？是凭我对我自己仍然活着的一种意识，即所谓“自我意识”吗？可是，问题恰好在于，我是凭什么意识到这仍然活着的正是“我”，使我在变化中保持连续性的这个“自我意识”究竟是什么？

现在我把这些难题交给你自己去思考。

如何走近哲学

一

大体而论，哲学有四种不同的存在形式。一是作为形而上学的沉思和伟大思想体系的创造，它属于哲学史上的天才。二是作为学术，它属于学者。三是作为思潮或意识形态，它属于大众。四是作为人生思考，它属于每一个不愿虚度人生的人。前两种属于少数人，不过学者与天才之间有着天壤之别。同样，后两种属于多数人，而一个普通人是作为大众还是作为个人走向哲学，情况也迥然不同。在我看来，一个人不是作为大众追随一种思潮，而是作为独立的个人思考人生，这是更符合哲学之本义的状态。

二

接近或进入哲学可以有三种方式。一是学术的方式，围绕哲学史或哲学理论中某一课题系统地搜集和整理材料，在此基础上对之做清晰的论述。二是思想的方式，对那些最基本的哲学问题进行独立思考，沉浸于其中。三是精神的方式，因自己灵魂中的困惑而发生追问，寻求理性的解决。这三种方式本身没有高低之分，如果一定要说高低，全在于那个从事哲学的人的心性和智性，由此而有了因循与创造、肤浅与深刻之分。

三

怎样才能走近哲学？我一向认为，最可靠的办法就是直接阅读大哲学家的原著，最好的哲学都汇聚在大师们的作品中。不错，大师们观点各异，因此我们不可能从中得到一个标准答案，然而，这正是读原著的乐趣和收获之所在。一个人怎样才算是入了哲学的门？是在教科书中读到了一些教条和结论吗？当然不是。唯一的标准是看你是否学会了用自己的头脑去思考人生的根本问题，从而确立了自己的人生信念。那么，看一看哲学史上诸多伟大头脑在想些什么重大问题，又是如何进行独立思考的，正可以给你最好的榜样和启示。

四

根据我的经验，要真正领悟哲学是什么，最好的办法就是读大哲学家的原著，看他们在想什么问题和怎样想这些问题。

五

诚如阿那克萨戈拉所说，哲学家的祖国是宇宙。哲学开始于天文学，最早的哲学家几乎都是天文学家。当人类从世间的事务中抬起头来，关心头顶的星空时，哲学诞生了。

六

哲学是人类的乡愁，是对人类永恒故乡的怀念和追寻。在哲学家心中，这种乡愁格外浓郁，他们知道，地图上的国家和城邦旋生旋灭，都不是真正的祖国。于是，作为人类的使者，他们走上了探寻真正的祖国的旅途。对于他们来说，胸怀宇宙不是一个比喻，而是一个事实。他们决心探明世界的全貌和本质，在那里找到人类生存的真实意义和可靠基础。

七

一切鼓吹狭隘国家利益和民族仇恨的哲学家都是可疑的。哲学家用宇宙的真理衡量人类，又用人类的真理衡量民族和国家，在这样的人心中，狭隘民族主义怎会有容身之地呢？

八

一个人倘若不能从思考中汲取大部分的快乐，他算什么哲学家呢？

九

有必要改革我们的哲学课程，第一步是把它从政治课中分离出来，恢复它作为爱智慧的本来面貌和作为最高问题之思考的独立地位。

十

在本来的意义上，纯粹哲学就是形而上学，是对世界和人生的根本问题的思考。其中，人生之思实为世界之思的原动力，由世界之思又引出了知识之思。以“生活哲学”的罪名把人生之思革出教门，哲学殿堂里倒是纯粹了，可惜不是纯粹哲学，而是纯粹空无。

十一

在今天，哲学仿佛破落了，正在给政治、科学、文学打工。

十二

对于作为非研究者的一般读者来说，尼采的最重大价值在于“逼迫”——说“启发”太轻了——我们认真面对和思考生命意义的问题。这也就是在“上帝死了”即信仰缺失的大背景下，如何战胜生命的无意义性和重建人生信仰的问题。

十三

在尼采的作品中，有一种真正的骄傲，因为发现了真理却不被理解而产生的骄傲，这与狂妄是两回事。狂妄的实质是浅薄，实际上没有什么货色，就只剩下姿态了。

十四

读叔本华的感觉：当他推演体系时往往牵强枯燥，一旦抛开体系，就常有自然生动的见解。

十五

康德的纯粹理性批判，我可以用一句话概括，便是：对世界的认识永远是认识，而不是世界。

心灵相通，在实际生活中又保持距离，最能使彼此的吸引力耐久。

哲学是永远的追问

今天我想谈一谈我对哲学的理解。我 17 岁读哲学系，毕业后在一个小县城工作了十来年，然后又回到北京，也回到了哲学的学习和研究，哲学可以算我的终身事业，我对哲学应该有一种理解了。当初报考哲学系，是出于一种比较幼稚的想法。我在中学里最喜欢两门课，一门是数学，另一门是语文，也就是解习题和写文章。报志愿时，两样都不肯舍弃，就来了一个折中。我相信哲学可以让我横跨文科和理科。当然这也有一定道理，数学使人享受纯粹思维的乐趣，文学使人关注人生，这两样东西在哲学里都有。不过，经过系统的学习之后，我觉得自己对哲学的性质有了比较明确的认识，概括地说，它是对世界和人生的根本问题的一种永远的追问。

一、哲学开始于惊疑

柏拉图（在《泰阿泰德》中）、亚里士多德（在《形而上学》中）都说过，哲学开始于惊疑。惊疑，严群译为疑讶，包含惊奇、惊讶和疑惑、困惑两层意思。为了便于讲述，我想把这两层意思拆开来讲。相对地说，惊奇面对自然，由惊奇而求认知，追问世界的本质，形成了哲学中的世界观、本体论、形而上学（在这里是同义词）这一个大领域。疑惑（困惑）面对人生，由困惑而求觉悟，追问生命的意义，形成了哲学中的人生观、生存论、广义伦理学（在这里也是同义词）这另一个大领域。

所以，我们可以概括地把哲学看作世界观和人生观。当然，哲学还有其他一些领域，例如知识论（认识论），这是因为对世界的认识发生了问题，便转而对我们认识的能力、性质、过程进行审视，尤其近代以来，这方面的内容在哲学中占据了亘要位置。此外还有历史哲学、美学、狭义伦理学等。但是，从源头看，哲学主要是世界观和人生观，其他则是派生的。

中世纪哲学家奥古斯丁（《上帝之城》）说：智慧的研究有两种形式。一种是沉思性的，即对自然的起源及纯粹真理的研究，以毕达哥拉斯为代表。另一种是积极性的，关注生活行为和道德，以苏格拉底为代表。柏拉图是两者的融合。康德说：世上最使人敬畏的两样东西是头上的星空和心中的道德律。他们说的都是类似的意思。哲学所思的问题无非两大类，分别指向我们头上的神秘和我们心中的神秘。总之，哲学是灵魂对于世界和人生的根本性追问，所探究的是世界和人生的根本道理。

哲学是世界观和人生观——这个提法一点儿也不新鲜，我们不是一直被这么教导的吗？这个提法本身没有错，过去的问题是对它作狭隘的理解，把世界观等同于政治态度和阶级立场，把人生观归结为为谁服务了。而这就意味着把哲学等同于政治，并且是一种很狭隘的政治。其实，世界观和人生观的内容要广阔得多。

我们有时把哲学等同于政治。我读哲学系时，许多同学是怀着从政做官的目的报考的，毕业后的去向的确也基本上如此。学习的内容上，主课是艾思奇的《辩证唯物主义历史唯物主义》，其实是对斯大林《联共党史》中的一个章节加上毛泽东的《矛盾论》《实践论》的一种讲解。也学一点中国哲学史和西方哲学史，是为了批判。从列宁开始，强调哲学的阶级性、党性，把哲学分唯物主义和唯心主义两大阵营，古今一切哲学都按此排队，唯物主义代表进步革命阶级，唯心主义代表落后反动阶级，历史唯物主义和辩证唯物主义是无产阶级的世界观，标志着哲学发展到了顶点和终点。于是，哲学研究就成了给一切哲学家贴标签，唯物主义者是好人，唯心主义者是坏人，机械唯物主义者是有缺点的好人，有辩证法思想的唯心主义者是有一技之长的坏人，而辩证唯物主义者则是完人。其后果是哲学的内容极端贫乏化，哲学成为教条，扼杀了任何独立思考。事实上，哲学课成了大学一切课程中最枯燥乏味的课程。现在情况有所改善，但不同程度上仍有这个问题。

哲学和政治是不同层面的东西，因此，不能从政治角度、阶级利益角度去解释世界观和人生观。要正确理解其含义，最好的办法是回到源头上，不要忘记哲学开始于惊疑。其实，我们每个人都或多或少有过这种惊疑的经验，不妨回想一下，对我们理解哲学的本义会大有助益。这多半是在童年时期，也许是在夏天的夜晚，当我们仰望满天星斗的苍穹，隐约感觉到世界在时间上的无始无终，在空间上的无边无际，不由自主地惊奇于世界的神秘，这时候我们头脑中一定曾经朦胧地产生过一个问题：世界究竟是什么？这正是一个十足哲学性质的追问。在人类历史上，最早的哲学追问也是从对天空感到好奇开始的，包括泰勒斯在内的好几位古希腊早期哲学家同时也是天文学家。另一方面，许多人在一生中的某个时候，一般是在青少年时期，会对人生产生一种困惑。最大的困惑往往是由想到死引起的，当一个人确凿无疑地知道自己终有一天也会不可挽回地死去，他就会对生命意义产生疑惑和发出追问。在哲学史上，这一追问同样十分古老，以至于苏格拉底和柏拉图把哲学称作预习死亡的活动。

在哲学的两类追问中，对生命意义的追问是更根本的。对世界本质的思考并非出于纯粹求知的兴趣，归根结底是为了解决人生问题，要从整体上把握人生的底蕴。“我们从哪里来？我们到哪里去？我们是谁？”这个问题隐藏在一切哲学本体论的背后。无论世界观还是人生观，都是我们灵魂中的活动，而不是一套现成的意识形态。凡哲学的根本问题皆无最终答案，哲学的价值不在提供确定的答案，而在于使我们始终保持对世界和人生的惊疑和追问。

二、世界观：对世界的惊奇和思考

虽然解释世界归根结底是为了解释人生，但是，在大多数哲学家那里，这仅是潜在的动机。从西方哲学史看，哲学的主体部分是世界观、本体论、形而上学。今天我只讲这个部分，人生观问题应该是另一次讲座的题目。

无论人类，还是个人，好奇心是智力觉醒的征兆。当好奇心不仅仅针对个别事物，而是针对整个世界时，就会提出这个问题：世界的本质是什么？可以把这个问题看作哲学的基本问题，它是一种“天问”。当然，出发点不只是好奇心，起作用的还有对安全感的需要，宇宙是人的家，不明其究竟怎么住得踏实呢？

在西方哲学史上，对这个问题大体有两种答案。一种认为，世界的本质是水、火、气、土、原子等，总之是物质性的东西。另一种认为，是数、理念、绝对精神、意志、神等，总之是精神性的东西。中国哲学史上也有这样对立的答案，例如气与理之争。这么看，把哲学家分成唯物主义和唯心主义两大派好像不算错。按照恩格斯的说法，哲学的基本问题是物质和精神的关系问题，主张物质第一性的就是唯物主义，主张精神第一性的就是唯心主义。我想强调的是，对世界的思考不能是这么简单地下一个论断，像站队一样，站在唯物主义一边还是站在唯心主义一边，这样就算解决问题了。一个哲学家的思想的价值和他在哲学史上的地位完全不取决于这一点，而是取决于他是否在总体上丰富和加深了人类对世界的思考。有些哲学家并不对世界的本质下论断，尤其是近代以来，哲学家们往往还反对下这样的论断，但他们仍在推进对世界的思考，并且正是通过比以前更深入的思考才得出这样的看法的。

通过深入思考，我们会发现，无论把世界的本质归结为物质还是精神，都有说不通的地方。唯物主义描绘了这样一幅世界图画：世界是物质的永恒变化过程，人（包括精神）是这个过程中的偶然产物。按照这幅图画，就难以解释：第一，人的存在有何意义？人与动物、物质没有本质区别了，也只是物质的一种存在形式而已。第二，如何解释精神（灵魂）的来源？唯物主义通常是用进化论来解释的，即物竞天择、适应性变异和获得性遗传这一套。但这至多只能解释人的肉体和理智（大脑）的起源，无法解释灵魂的起源。我们可以说，理智是为了生存的需要而发展出来的对外部环境的认识能力。可是，人的灵魂，也就是不满足于生存的需要、要使生存具有高于生存的目的和意义那样一种精神上的追求，就完全不是适应环境和机能进化的产物了。进化论提出时，有许多人不能接受，未必都是保守，有些人确实觉得人的尊严受到了侮辱。赫胥黎是进化论的倡导者之一，他曾讽刺那些反对进化论的学者说："我宁肯做猴子的后代，也不愿做一个愚蠢的教授的同事。"但是，作为一个聪明的教授，他并不甘心仅仅做猴子的后代。他在《进化论与伦理学》中谈到：人的精神品质（正义，善）是伦理过程对抗宇宙过程的产物，在宇宙中没有根据，所以终将失败，从而导致人类向下的发展。可见他也认为，精神的产生不但不能用进化论解释，相反是违背进化论的。

在很大程度上，唯心主义之产生正是为了解决精神的来源问题。唯心主义哲学家们有各种不同的理论，但基本思路是一致的，便是设定宇宙有一个精神本质，它是人的精神（灵魂）的来源，保证了精神的不会完全毁灭和人类精神追求的永恒价值。唯心主义的困难在于无法证明宇宙精神本质的存在。其实，无论说世界的本质是物质还是精神，都是无法证明的，这基本上是信念的问题。我们只能在经验范围内证明某物是否存在，而无论科学如何发展，人类的经验永远是有限的，我们永远不能对宇宙整体有所经验。宇宙整体之性质是一个超验的问题，对于宇宙有一个精神本质的论断，唯心主义不能证实，唯物主义也不能证伪。有些聪明的唯心主义者对此心里是明白的，柏拉图称之为“信仰的冒险”，帕斯卡尔称之为赌博，并且都认为值得冒这个险，值得一赌。他们的意思是，虽然无法证明有无，但宁信其有，这比宁信其无好，有助于我们过一种崇高的生活。

三、在宗教和科学之间

哲学要追问世界的本质，而世界的本质是无法证明的。可是，两千年来，哲学却一直在努力做一件事，就是试图对世界本质是什么的问题给出一个可靠的答案。它实际上是在做不可能做到的事，这是哲学本身所包含的矛盾和困难。

要对哲学的这个特点有一个清楚的概念，最好的办法是把哲学与宗教及科学做一比较。

哲学和宗教都是人的精神生活的方式，两者所要解决的问题之性质是相同的，即都是终极关切。和哲学一样，宗教所关心的也是世界和人生的最根本问题，要对世界的本质和生命的意义给出一个完整的说明。但是，它们寻求解答的手段却完全不同。在宗教看来，世界和人生的整体是一个神秘的领域，人的理性是有限的，不可能将它弄明白，唯有靠神的启示来接近它。因此，人在神面前应知谦卑，满足于不容置疑的信仰。相反，哲学却不肯像宗教那样诉诸天启权威，对终极问题给出一个独断的答案，而是只信任理性，要求对问题做出理由充足的解答。在这一点上，哲学又和科学一样。

如此看来，哲学的追问是宗教性的，它寻求解决的方法却是科学性的。哲学家有一个宗教的灵魂，却长着一颗科学的脑袋。灵魂是一个疯子，它问的问题漫无边际，神秘莫测。头脑是一个呆子，偏要一丝不苟、有根有据地来解答。疯子提问，呆子回答，其结果可想而知。

关于哲学所包含的内在矛盾，康德最早做了明确的揭示。他指出：由头脑（他所说的知性）来解答灵魂（他所说的理性）所追问的问题，必定会陷入二律背反。他因此而断定，只能把此类问题的解答权交给信仰。不过，在罗素看来，哲学面向宗教，敢思科学之不思，渴望对宇宙和人生有一种普遍理解，又立足科学，敢疑宗教之不疑，寻求确切的知识，正是这一结合了两种对立因素的品格使之成为比科学和宗教更加伟大的东西。

也许有人会说，既然哲学所追求的目标——把宗教和科学结合起来，用头脑解答灵魂的问题——注定不能实现，它的努力岂不徒劳？这种看法未免肤浅。从目标不能实现看，也许可以说徒劳，但这个徒劳向目标前进的过程却是富有生产意义的。对于人类精神发展来说，科学理性与宗教渴望是两种不可或缺的动力。正是在哲学中，它们由于彼此发生的紧张关系而同时得到了激励。有一个现象值得我们深思：在历史上，凡大科学家都怀有从整体上把握世界的宗教渴望，凡大神学家都具备寻求可靠根据的科学理性，而他们也往往都是大哲学家。

四、哲学不可能成为科学

用理性手段把握世界的本质，实际上就是试图把哲学建成一门科学，这是两千年来西方主流哲学奋斗的目标。然而，近代以来，哲学家们越来越对理性有无这种能力提出了怀疑。到了康德，就明确否认了这种能力。

从古希腊开始，哲学追问世界本质的基本思路是世界二分模式，即把世界分为现象界和本体界。这一模式认为，现象是不断变化的，多种多样的，但现象背后必定有一个不变的、统一的本质，哲学的使命就是要寻找变化背后之不变，多背后之一，现象世界背后之本体世界。也就是说，万物皆变，变应该有一承担者，世界必定有一个本来的样子，是它变成了我们现在所看见的样子，哲学就要把这个本来的样子找出来。这一思路默认了一个前提，即感觉是不可靠的，只能感知可变的现象，唯有理性才能认识现象背后那个不变的本体界。应该说明，对感觉不信任是古希腊哲学家的共同特点，并不限于唯心主义者，唯物主义者也认定世界有一个感觉不能触及、必须靠理性去把握的终极本质。

这个思路存在着以下疑点：

第一，感觉是我们感知外界的唯一手段，既然感觉只感知到现象，我们凭什么说在现象背后还存在着一种本质？至少凭感觉不能证明这一点。近代哲学家中，有三位清楚地论证了这一点，提出三种说法。贝克莱认为：只存在所感知的现象，不存在本质。休谟认为：我们只知道所感知的现象，是否存在本质不可知。康德认为：我们只知道所感知的现象，但我们必须假定现象背后有本质存在，这一点无法证明，仅是必要的信念。

第二，假定变动不居的现象背后有一不变的本质，这只能是理性之所为，是理性（逻辑）追求秩序（普遍性和必然性）的产物。但是，理性同样不能证明它所追求的秩序是世界本身所固有的。这种秩序从何而来？有三种可能的回答。一是从感觉经验中归纳而得，但有限的经验不能提供必然性和普遍性。休谟说：所谓必然性只是经验之重复形成的“习惯性联想”。二是理性与世界本质之间有一种天然的一致性，莱布尼茨称之为“前定和谐”，但这种东西即使有，也无法证明。三是理性本身所固有的，理性把自身所具有的先天结构投射到世界上了。这是康德首先提出、胡塞尔加以发展的看法。在这种情形下，秩序都仍然属于现象范围，而与世界本来面目无关。

第三，世界究竟有没有一个本来面目？在现象界背后，究竟有没有一个不受我们的认识干扰的本体界？在康德之后，哲学家们已经越来越达成共识：不存在。世界只有一种存在方式，即作为显现在意识中的东西——现象。康德把本体界（“物本身”）作为一个必要的假设保留下来，这一点遭到了现代哲学家的尖锐批评。其中，尼采和胡塞尔的批评尤为有力。尼采指出，对世界的认识都是透视，必有一定的视角，因而得到的都是现象。即使我们能够穷尽所有的视角，所得到的现象之总和也仍然是现象。所谓本质的假设是以无视角的认识为前提的，而这个前提是荒谬的。胡塞尔指出，实在论也承认在意识中显现的东西是现象，但断定现象背后还有一个引起该现象的原因，即一个“物本身”。其中，朴素实在论认为现象与“物本身”在本质上是相符的，批判实在论则把“物本身”看作我们人类的意识不可达到、而唯有假定的上帝的直观才能达到的本体。但任何对象只要进入认识，从而显现在意识中，就必然只能作为现象而存在，这一点对于被假定为绝对认知的理想代表者的上帝也不例外。实在论把在意识中显现的东西解释为外部实在对象的形象表现或记号表现，然而，要知道现象是实在的形象或记号，就必须有一种更高的统觉，可以同时观照现象和实在并加以比较，但我们并无这样的统觉。所以，形象论和记号论都是没有根据的。

哲学从追问世界的本体始，经过两千多年的探索，结果却是发现世界根本就没有一个本体，这不能不说是哲学的惨败。这就是人们常说的“哲学的危机”。但是，这只是哲学的某一种思路的失败，它说明哲学不可能成为科学，我们不可能靠理性手段去把握或构造哲学原本想要追问的那个本体，而必须另辟蹊径。

五、出路：沉默和诗的领域？

倘若一个古希腊哲学家来到现代，他一定会大惑不解，因为他将看到，现代的哲学家们都在大谈语言问题，而对世界本身却毫无兴趣。据说哲学家们终于发现，两千多年来哲学之所以误入歧途，原因全在受了语言的误导。于是，他们纷纷把注意力转向语言，这种转向还被誉为哲学上的又一次哥白尼式革命。我本人对之评价不高，怀疑是另一种迷途，偏离了哲学作为根本性追问的真谛。

关于语言如何误导哲学，又有两种相反的看法。

一派哲学家认为，弊在逻辑化的语言，是语言的逻辑结构诱使人们去寻找一种不变的世界本质。因此，哲学的任务是解构语言，把语言从逻辑的支配下解放出来。哲学真正应该寻找的那个本体世界不是与人无关的世界，而是作为人的生活意义之源泉的世界。这是一个情绪体验的领域，不可凭逻辑手段把握，而只能靠一种诗意的思。持这一看法的有尼采、生命哲学、现象学、存在哲学、解释学、后结构主义。

另一派哲学家则认为，弊在语言在逻辑上的不严密，是语言中那些不合逻辑的成分诱使人们对一个所谓本体世界想入非非，造成了形而上学假命题。

因此，哲学的任务是进行语言诊断，剔除其不合逻辑的成分，最好是能建立一种严密的逻辑语言。哲学应该运用逻辑手段把握真正能把握的东西——经验事实，没有本体论的容身之地。持这一看法的是逻辑经验主义（分析哲学）。

不管这两派的观点如何对立，拒斥本体论的立场却是一致的。可是，没有了那种追问世界之究竟的冲动，哲学还是哲学吗？因为理性不能把握神秘，我们就不再思考神秘了吗？难道哲学从此要对头上的星空和心中的道德律无动于衷，仅仅满足于做逻辑的破坏者或卫士？

有两位哲学家分别代表上述两个对立的派别，然而，与其大多数追随者不同，他们心中仍然蕴藏着那种追思神秘的冲动。他们不愧是现代最伟大的两位哲学家。

作为逻辑经验主义的开创人之一，维特根斯坦也主张只有经验对象是可思考的，哲学只研究可思考的东西，其任务是通过语言批判使思想在逻辑上明晰。但是，他懂得的确存在着超验的领域，例如那种“从永恒观点来直观世界”的本体论式的体验，只是因为它们不属于经验范围，因而是不可思考的，而不可思考的东西也就是不可说的。“一个人对于不能谈的事情就应当沉默。”这是神秘的东西，甚至是最深刻的东西，却无法作为问题来讨论。针对此他写道：“真正说来哲学的方法如此：除了能说的东西以外，不说什么事情，也就是除了自然科学的命题，即与哲学没有关系的东西之外，不说什么事情……”真正的哲学性体验只能封闭在沉默的内心世界，作为一门学术的哲学只能谈论与真正哲学性体验无关的东西，这是多么无奈。

海德格尔却试图冲破这无奈的沉默。在他看来，他名之为“存在”的那个超验的领域，乃是作为意义之源泉的神秘领域，的确不是理性思维所能达到的。但是，他相信这个领域“总是处在来到语言的途中”，是可以在语言中向人显现的。不过，这不是沦为传达工具的逻辑化语言，而是未被逻辑败坏的诗的语言。在诗的语言中，存在自己向人说话。于是，海德格尔聚精会神于他所钟爱的荷尔德林、里尔克等诗人，从他们的诗中倾听存在的话语。

当然，沉默和诗都不是哲学。可是，在维特根斯坦的沉默中，在海德格尔的诗思中，古老的哲学追问仍在百折不挠地寻找栖身之地。

哲学的出路何在？对此我也感到迷茫。我不相信所谓哲学已经终结的论调。我宁可相信，只要人类存在一天，就会有人对世界的神秘进行理性的沉思，因而哲学就会继续存在。也许在经历现在的危机之后，它将更加回避谈论本体，但不可能放弃灵魂的追问，更多地向艺术和宗教学习，但不可能放弃理性的思考。哲学的本性原本就包含着矛盾，它不可能摆脱这种矛盾，否则就不成其为哲学了。我宁可相信，哲学将带着它固有的矛盾向前发展，一代又一代的人将不可阻挡地去思考那些没有最终答案的根本问题，并从这徒劳的思考中获得教益。

哲学不只是慰藉

德波顿的《哲学的慰藉》一书选择西方哲学史上六位哲学家，从不同角度阐述了哲学对于人生的慰藉作用。人生中有种种不如意处，其中有一些是可改变的，有一些是不可改变的。对于那些不可改变的缺陷，哲学提供了一种视角，帮助我们坦然面对和接受。在此意义上，可以说哲学是一种慰藉。但是，哲学不只是慰藉，更是智慧。二者的区别也许在于，慰藉类似于心理治疗，重在调整我们的心态，智慧调整的却是我们看世界和人生的总体眼光。因此，如果把哲学的作用归结为慰藉，就有可能缩小甚至歪曲哲学的内涵。

全书中，我读得最有兴味的是写塞内加的一章。部分的原因可能是，这一章比较切题，斯多葛派哲学家本身就重视哲学的慰藉作用，塞内加自己就有以“慰藉”为题的著作。作为罗马宫廷的重臣，此人以弄权和奢华著称，颇招时人及后世訾议。不过，他到底是一个智者，身在大富大贵之中，仍能清醒地视富贵为身外之物，用他的话来说便是：“我从来没有信任过命运女神。我把她赐予我的一切——金钱、官位、权势——都搁置在一个地方，可以让她随时拿回去而不干扰我。我同它们之间保持很宽的距离，这样，她只是把它们取走，而不是从我身上强行剥走。”不止于此，对于家庭、儿女、朋友乃至自己的身体都应作如是观。塞内加的看法是：人对有准备的、理解了的挫折承受力最强，反之受伤害最重。哲学的作用就在于，第一，使人认识到任何一种坏事都可能发生，从而随时做好准备；第二，帮助人理解已经发生的坏事，认识到它们未必那么坏。坏事为什么未必那么坏呢？请不要在这里拽坏事变好事之类的通俗辩证法，塞内加的理由见于一句精辟之言：“何必为部分生活而哭泣？君不见全部人生都催人泪下。”叔本华有一个类似说法：倘若一个人着眼于整体而非一己的命运，他的行为就会更像是一个智者而非一个受难者了。哲人之为哲人，就在于看到了整个人生的全景和限度，因而能够站在整体的高度与一切个别灾难拉开距离，达成和解。塞内加是说到做到的。他官场一度失意，被流放到荒凉的科西嘉，始终泰然自若。最后，暴君尼禄上台，命他自杀，同伴们一片哭声，他从容问道：“你们的哲学哪里去了？”

蒙田是我的老朋友了，现在从本书中重温他的一些言论，备感亲切。作者引用了蒙田谈论性事的片段，评论道：“他把人们私下都经历过而极少听到的事勇敢地说出来……他的勇气基于他的信念：凡是能发生在人身上的事就没有不人道的”。说得好，有蒙田自己的话作证：“每一个人的形体都承载着全部人的状况。”然而，正因为此，这一章的标题“对缺陷的慰藉”就很不确切了。再看蒙田的警句：“登上至高无上的御座，仍只能坐在屁股上。”“国王与哲学家皆拉屎，贵妇人亦然。”很显然，在蒙田眼里，性事、屁股、拉屎等哪里是什么缺陷啊，恰好是最正常的人性现象，因此我们完全应该以最正常的心态去面对。一个人对于人性有了足够的理解，他看人包括看自己的眼光就会变得既深刻又宽容，在这样的眼光下，一切隐私都可以还原成普遍的人性现象，一切个人经历都可以转化成心灵的财富。想起最近我的自传所引起的所谓自曝隐私的非议，我倒真觉得蒙田对我而言是一个慰藉，但不是对我的缺陷的慰藉，而是对我的智慧的慰藉。

在当今这个崇拜财富的时代，关于伊壁鸠鲁的一章也颇值得一读。这位古希腊哲学家把快乐视为人生最高价值，他的哲学因此被冠以享乐主义的名称，他本人则俨然成了一切酒色之徒的祖师爷，这真是天大的误会。其实，他的哲学的核心思想恰恰是主张，真正的快乐对于物质的依赖十分有限，无非是食、住、衣的基本条件。超出了一定限度，财富的增加便不再能带来快乐的增加了。奢侈对于快乐并无实质的贡献，往往还导致痛苦。事实上，无论是伊壁鸠鲁，还是继承了他的基本思想的后世哲学家，比如英国功利主义者，全都主张快乐更多地依赖于精神而非物质。这个道理一点也不深奥，任何一个品尝过两种快乐的人都可以凭自身的体验予以证明，沉湎于物质快乐而不知精神快乐为何物的人也可以凭自己的空虚予以证明。

本书还有三章分别论述苏格拉底、叔本华、尼采，我觉得相比之下较差，就这些哲学家的精华而言，基本上是捡了芝麻丢了西瓜。部分的原因也许在于，这三人的哲学是更不能以慰藉论之的。尤其尼采，他的哲学的基本精神恰恰是反对形形色色的慰藉，直面人生的悲剧性质，以此证明人的高贵和伟大。作者从尼采著作中择取登山的意象，来解说“困难中的慰藉”，不但显得勉强，而且多少有些把尼采哲学平庸化了。

哲学的用处

一

一个人需要哲学的程度，取决于他对精神生活看重的程度。当一个人的灵魂对于人生产生根本性的疑问时，他就会走向哲学。那些不关心精神生活、灵魂中没有问题的人，当然不需要哲学。

二

任何一个真正的哲学问题都不可能有所谓标准答案，可贵的是发问和探究的过程本身，使我们对那些根本问题的思考始终处于活泼的状态。

三

哲学并不提供答案，它只是推动你去思考。在哲学中第一位的是问题，如果你没有问题，哲学对于你的确是没有用的。

四

你有了问题，了解了大师对这个问题的想法，在此基础上进行独立思考，哪怕你找不到答案，这个过程也会让你深刻。

五

我们平时所做之事、所过之生活只是一个局部，哲学就是要我们从这个局部中跳出来，看世界和人生的全局，由此获得一个广阔的坐标，用以衡量自己所做之事、所过之生活，用全局指导局部，明确怎样做事和生活才有意义。

六

哲学让人从当下的具体生活中跳出来，给人一个更高的视角。有没有这个更高的视角很重要，如果有，大苦难也会缩小，不能把你压垮；如果没有，小挫折也会放大，把你绊倒。你尽可以在人世间执着和追求，但是，有了哲学，你就有了退路。

七

如果没有哲学，我会沉溺于当下具体生活中，把它看成整个世界。有了哲学的思考角度，我就不会把某一个具体的苦难看成我人生的全部。

哲学是一种分身术，它能将我分成两个，一个是有很多尘世欲望的具体的我，在红尘中奋斗、挣扎。另一个是哲学的我、理性的我、灵魂的我，会站在更加开阔的天地之间，从更加超脱的角度来劝导那个具体的我。哲学不能消除我遇到的具体的苦难，但它让我拥有一个站在高处的自我，这个自我能站在永恒的立场上考虑问题，就会感觉眼前的任何遭遇都是短暂的、渺小的，从最后结果来看都是一样的。这样，就把那个具体的我从苦难中拔了出来，使它不至于被苦难压垮。

八

哲学想的是根本问题，它让你与具体生活拉开一段距离。

九

一个不问生活意义的人当然是不需要哲学的，可是，我相信，人毕竟是有灵魂的，没有谁真正不在乎活得有没有意义。事实上，人们越是被世俗化潮流裹挟着在功利战场上拼搏，生活在人生的表面，心中就越是为意义的缺失而困惑，而焦虑。因此，在今天的时代，我们比以往任何时候都更需要哲学来为自己的人生定位和定向。

十

哲学是启迪人生智慧的学科。人的一生中，是否受到哲学的熏陶，智慧是否开启，结果大不一样。哲学在人生中的作用似乎看不见，摸不着，其实至大无比。有智慧的人，他的心是明白、欢欣、宁静的；没有智慧的人，他的心是糊涂、烦恼、躁动的。

十一

哲学和宗教都是终极关切，都要对世界的本质和生命的意义给出一个完整的说明。但是，它们寻求解答的手段却不同。在宗教看来，世界和人生的整体是神秘的，人的理性是有限的，不可能将它弄明白，唯有靠神的启示来接近它。相反，哲学只信任理性，要求对问题做出理由充足的解答。在这一点上，哲学又和科学一样。

如此看来，哲学家有一个宗教的灵魂，却长着一颗科学的脑袋。灵魂是一个疯子，它问的问题漫无边际、神秘莫测。头脑是一个呆子，偏要一丝不苟、有根有据地来解答。疯子问，呆子答，其结果可想而知。

然而，哲学面向宗教，敢思科学之不思，又立足科学，敢疑宗教之不疑，正是这一结合了两种对立因素的品格使之成为比科学和宗教更加伟大的东西。

十二

人类历史上的一切优秀者，不管是哪一领域的，必是对世界和人生有自己广阔的思考和独特的理解的人。一个人只有小聪明而没有大智慧，却做成了大事业，这样的例子古今中外都不曾有过呢。

十三

哲学对政治的影响是缓慢的，但一旦发生影响，就是根本性的。

十四

人们常说哲学是方法论，遇到什么具体问题，就说用哲学的方法分析一下。哲学中根本不存在这种可以用来解决一切具体问题的万能方法。哲学是让你想大问题，大问题想明白了，你面对具体问题就有了开阔的视野和从容的心态。它给你的是智慧和境界，舍此而求所谓方法，就是舍本求末，而这恰恰是违背哲学的本性的。

第五章

为爱筑一个好巢

在一个人的生活中，精神需求相对于物质需求所占比例越大，他就离神越近。

爱：从痴迷到依恋

爱有一千个定义，没有一个定义能够把它的内涵穷尽。

当然，爱首先是一种迷恋。情人之间必有一种痴迷的心境，和一种依恋的情怀，否则算什么堕入情网呢。可是，仅仅迷恋还不是爱情。好色之徒猎艳，无知少女追星，也有一股迷恋的劲儿，却与爱情风马牛不相及。即使自以为堕入情网的男女，是否真爱也有待岁月检验。一个爱情的生存时间或长或短，但必须有一个最短限度，这是爱情之为爱情的质的保证。小于这个限度，两情无论怎样热烈，也只能算作一时的迷恋，不能称作爱情。

所以，爱至少应该是一种相当长久的迷恋。迷恋而又长久，就有了互相的玩味和欣赏，爱便是这样一种乐此不疲的玩味和欣赏。两个相爱者之间必定是常常互相玩味的，而且是不由自主地要玩，越玩越觉得有味。如果有一天觉得索然无味，毫无玩兴，爱就荡然无存了。

迷恋越是长久，其中热烈痴迷的成分就越是转化和表现为深深的依恋，这依恋便是痴迷的天长日久的存在形式。由于这深深的依恋，爱又是一种永无休止的惦念。有爱便有牵挂，而且牵挂得似乎毫无理由，近乎神经过敏。你在大风中行走，无端地便担心爱人的屋宇是否坚固。你在睡梦中惊醒，莫名地便忧虑爱人的旅途是否平安。哪怕爱人比你强韧，你总放不下心，因为在你眼中她（他）永远比你甚至比一切世人脆弱，你自以为比世人也比她自己更了解她，唯有你洞察那强韧外表掩盖下的脆弱。

于是，爱又是一种温柔的呵护。不论男女，真爱的时候必定温柔。爱一个人，就是心疼她，怜她，宠她，所以有“疼爱”“怜爱”“宠爱”之说。心疼她，因为她受苦。怜她，因为她弱小。宠爱她，因为她这么信赖地把自己托付给你。女人对男人也一样。再幸运的女人也有受苦的时候，再强大的男人也有弱小的时候，所以温柔的呵护总有其理由和机会。爱本质上是一种指向弱小者的感情，在爱中，占优势的是提供保护的冲动，而非寻求依靠的需要。如果以寻求强大的靠山为鹄的，那么，正因为再强的强者也有弱的时候和方面，使这种结合一开始就隐藏着破裂的必然性。

如此看来，爱的确是一种给予和奉献。但是，对于爱者来说，这给予是必需，是内在丰盈的流溢，是一种大满足。温柔也是一种能量，如果得不到释放，便会造成内伤，甚至转化为粗暴和冷酷。好的爱情能使双方的这种能量获得最佳释放，这便是爱情中的幸福境界。因此，真正相爱的人总是庆幸自己所遇恰逢其人，为此而对上天满怀感恩之情。

我听见一个声音嘲笑道：你所说的这种爱早已过时，在当今时代纯属犯傻。好吧，我乐于承认，在当今这个讲究实际的时代，爱便是一种犯傻的能力。

可不，犯傻也是一种能力，无此能力的人至多只犯一次傻，然后就学聪明了，从此看破了天下一切男人或女人的真相，不再受爱蒙蔽，而具备这种能力的人即使受挫仍不吸取教训，始终相信世上必有他所寻求的真爱。正是因为仍有这些肯犯傻能犯傻的男女存在，所以寻求真爱的努力始终是有希望的。

情欲既是卑贱的，把人按倒在兽性的尘土中，又是伟大的，把人提升到神性的天堂上。性是生命之门，上帝用它向人喻示了生命的卑贱和伟大。

两性之间

一

在一个人的哲学思想和他对女人的态度之间，也许有某种联系。例如，理想主义者往往崇拜女性，虚无主义者往往蔑视女性。很难说孰为因，孰为果。两者很可能同是一种更隐秘的因素——例如个人的肉体和心理素质——的结果。

二

只用色情眼光看女人，近于无耻。但身为男人，看女人的眼光就不可能完全不含色情。我想不出在滤尽色情的中性男人眼里，女人该是什么样子。

三

多情和专一未必互相排斥。一个善于欣赏女人的男人，如果他真正爱上了一个女人，那爱是更加饱满而且投入的。

四

痴心女子把爱当作宗教，男子是她崇拜的偶像。风流女子把爱当作艺术，男子是她诱惑的对象。二者难以并存。集二者于一身，“一片志诚心，万种风流相”，既怀一腔痴情，又解万种风情，此种情人自是妙不可言，势不可当。那个同时受着崇拜和诱惑的男子有福了，或者——有危险了。

五

在男人心目中，那种既痴情又知趣的女人才是理想的情人。痴情，他得到了爱。知趣，他得到了自由。可见男人多么自私。

六

自古多痴情女，薄情郎。但女人未必都是弱者，有的女人是用软弱武装起来的强者。

七

好女人也善于保护自己，但不是靠世故，而是靠灵性。她有正确的直觉，这正确的直觉是她忠实的人生导师，使她在非其同类面前本能地引起警觉，报以不信任。

八

他常常用一些小零食去讨好女人，而女人也不过是他生活中的一些小零食罢了。

九

女人比男人更信梦。在女人的生活中，梦占据着不亚于现实的地位。

男人不信梦，但也未必相信现实。当男人感叹人生如梦时，他是把现实和梦一起否定了。

十

女人有一千种眼泪，男人只有一种。女人流泪给男人看，给女人看，给自己看，男人流泪给上帝看。女人流泪是期望，是自艾自怜，男人流泪是绝望，是自暴自弃。

上帝保佑我不要看见男人流女人的眼泪。上帝保佑我更不要看见男人流男人的眼泪。

十一

在上帝的赐予中，性是最公平的。一个人不论穷富美丑，都能从性交中得到快乐，而且其快乐的程度并不取决于他的穷富美丑。

十二

老来风流，有人传为佳话，有人斥为丑闻。其实，都大可不必，只需用平常眼光去看待，无非是有一分热发一分热罢了。

十三

眼睛是爱情的器官，其主要功能是顾盼和失眠。

十四

一个男人同别的女人调情，这是十分正常也十分平常的。如果他同自己的老婆调情，则或者是极不正常的——肉麻，或者是极不平常的——婚后爱情新鲜如初的动人显现。

十五

吸引异性的两种方式：一是显示风趣、智慧、活力，勾起对方的好奇心；二是显示忧愁、伤痛、深度，勾起对方的同情心。活力和深度的统一，吸引力达于极致。

可是，显示毕竟是表演，在口味更天然或更精致的对手那里就只能引起反感了。

十六

在夫妇或情人之间，恩爱与争吵的混合，大约谁也避免不了。区别只在：一是两者的质量，有刻骨铭心的恩爱，也有表层的恩爱，有伤筋动骨的争吵，也有挠痒式的争吵；二是两者的比例。不过，情形很复杂，有时候大恩爱会伴随着大争吵，恩爱到了极致又会平息一切争吵。

十七

两性之间的情感或超过友谊，或低于友谊，所以异性友谊是困难的。在这里正好用得上“过犹不及”这个成语——“过”是自然倾向，“不及”是必然结果。

十八

拜伦说："谁写诗不是为了取悦女人？"写信何尝不是如此。文采是男人引诱女人的一种方式。

不过，最好的信往往是一个天才男人写给另一个天才男人的。

十九

写给自己对之有好感的陌生异性的信，只能表明一个人在异性面前所希望扮演的角色，而并不能表明这个人对异性的一般评价。

爱情的容量

一

世上并无命定的姻缘，但是，那种一见倾心、终生眷恋的爱情的确具有一种命运般的力量。

二

爱情是盲目的，只要情投意合，仿佛就一俊遮百丑。爱情是心明眼亮的，只要情深意久，确实就一俊遮百丑。

三

爱情的生存时间或长或短，但必须有一个最短限度，这是爱情之为爱情的质的保证。小于这个限度，两情无论怎样热烈，也只能算作一时的迷恋，不能称作爱情。

四

初恋的感情最单纯也最强烈，但同时也最缺乏内涵，几乎一切初恋都是十分相像的。因此，尽管人们难以忘怀自己的初恋经历，却又往往发现可供回忆的东西很少。

我相信成熟的爱情是更有价值的，因为它是全部人生经历发出的呼唤。

五

真正富有人道精神的人，所拥有的不是那种浅薄的仁慈，也不是那种空洞的博爱，而是一种内在的精神上的丰富。因为丰富，所以能体验一切人间悲欢。也因为丰富，所以对情感的敏锐感应不会流于病态纤巧。他细腻而不柔弱，有力而不冷漠，这是一颗博大至深的心灵。

六

有无爱的欲望，能否感受生的乐趣，归根结底是一个内在的生命力的问题。

七

我爱故我在。

八

两人再相爱，乃至结了婚，他们仍然应该有分居和各自独处的时间。分居的危险是增加了与别的异性来往和受诱惑的机会，取消独处的危险是丧失自我，成为庸人。后一种危险当然比前一种危险更可怕。与其平庸地苟合，不如有个性而颠簸，而离异，而独身。何况有个性是真爱情的前提，有个性才有爱的能力和被爱的价值。好的爱情原是两个独特的自我之间的互相惊奇、欣赏和沟通。在两个有个性的人之间，爱情也许会经历种种曲折甚至可能终于失败，可是，在两个毫无个性的人之间，严格意义上的爱情根本就不可能发生。

九

心灵相通，在实际生活中又保持距离，最能使彼此的吸引力耐久。

爱情不风流

有一个字，内心严肃的人最不容易说出口，有时是因为它太假，有时是因为它太真。

爱情不风流，爱情是两性之间最严肃的一件事。

调情是轻松的，爱情是沉重的。风流韵事不过是躯体的游戏，至多还是感情的游戏。可是，当真的爱情来临时，灵魂因恐惧和狂喜而战栗了。

爱情不风流，因为它是灵魂的事。真正的爱情是灵魂与灵魂的相遇，肉体的亲昵仅是它的结果。不管持续时间是长是短，这样的相遇极其庄严，双方的灵魂必深受震撼。相反，在风流韵事中，灵魂并不真正在场，一点儿小感情只是肉欲的作料。

爱情不风流，因为它极认真。正因为此，爱情始终面临着失败的危险，如果失败又会留下很深的创伤，这创伤甚至可能终身不愈。热恋者把自己全身心投入对方并被对方充满，一旦爱情结束，就往往有一种被掏空的感觉。风流韵事却无所谓真正的成功或失败，投入甚少，所以退场也甚易。

爱情不风流，因为它其实是很谦卑的。“爱就是奉献”——如果除去这句话可能具有的说教意味，便的确是真理，准确地揭示了爱这种情感的本质。爱是一种奉献的激情，爱一个人，就会遏制不住地想为她（他）做些什么，想使她（他）快乐，而且是绝对不求回报的。爱者的快乐就在这奉献之中，在他（她）所创造的被爱者的快乐之中。最明显的例子是父母对幼仔的爱，推而广之，一切真爱均应如此。可以用这个标准去衡量男女之恋中真爱所占的比重，剩下的就只是情欲罢了。

爱情不风流，因为它需要一份格外的细致。爱是一种了解的渴望，爱一个人，就会不由自主地想了解她的一切，把她所经历和感受的一切当作最珍贵的财富接受过来，精心保护。如果你和一个异性发生了很亲密的关系，当你并没有这种了解的渴望，那么，我敢断定你并不爱她。你们之间只是又一段风流因缘罢了。

爱情不风流，因为它虽甜犹苦，使人销魂也令人断肠，同时是天堂和地狱。正如纪伯伦所说——

“爱虽给你加冠，它也要把你钉在十字架上。它虽栽培你，它也剪你。”

“它虽升到你的最高处，抚惜你在日中颤动的枝叶。它也要降到你的根下，摇动你的根柢的一切关节，使之归土。”

所以，内心不严肃的人，内心太严肃而又被这严肃吓住的人，自私的人，懦弱的人，玩世不恭的人，饱经风霜的人，在爱情面前纷纷逃跑了。

所以，在这个人际关系日趋功利化、表面化的时代，真正的爱情似乎越来越少了。有人愤激地问我："这年头，你可听说某某恋爱了，某某又失恋了？"我一想，果然少了，甚至带有浪漫色彩的风流韵事也不多见了。在两性交往中，人们好像是越来越讲究实际，也越来越潇洒了。

也许现代人真是活得太累了，所以不愿再给自己加上爱情的重负，而宁愿把两性关系保留为一个轻松娱乐的园地。也许现代人真是看得太透了，所以不愿再徒劳地经受爱情的折磨，而宁愿不动感情地面对异性世界。然而，逃避爱情不会是现代人精神生活空虚的一个征兆吗？爱情原是灵肉两方面的相悦，而在普遍的物欲躁动中，人们尚且无暇关注自己的灵魂，又怎能怀着珍爱的情意去发现和欣赏另一颗灵魂呢？

可是，尽管真正的爱情确实可能让人付出撕心裂肺的代价，却也会使人得到刻骨铭心的收获。逃避爱情的代价更大。就像一万部艳情小说也不能填补《红楼梦》的残缺一样，一万件风流韵事也不能填补爱情的空白。如果男人和女人之间不再信任和关心彼此的灵魂，肉体徒然亲近，灵魂终是陌生，他们就真正成了大地上无家可归的孤魂了。如果亚当和夏娃互相不再有真情甚至不再指望真情，他们才是真正被逐出了伊甸园。

爱情不风流，因为风流不过尔尔，爱情无价。

对亲近者挑剔是一种本能，而警惕这种本能，做到对亲近者不挑剔，则是一种教养。

婚姻的悖论与现代的困境

《中国妇女》杂志举办的“富裕的日子怎么过”的讨论已进入尾声，主持人林亚男女士向我索稿，希望我也加入这场讨论。引发这场讨论的刘花然的故事本身并不复杂，如果不考虑相当偶然地出了人命案的结局，无非是一个始乱终弃、婚姻破裂的老故事。它之所以引起关注，是因为在中国当前的社会环境中，这类事的发生越来越频繁了。从讨论的情况看，人们对此的态度大致有三种：一是为爱情的权利辩护，视此类现象为一种进步；二是为妇女的权益辩护，对此类现象作道德的谴责并且呼吁法律的干预；三是感到困惑，在支持和反对之间无所适从。我好像属于第三种，在两个极端之间颇费思量，不过也许出于不太相同的原因。

一、婚姻与性爱的冲突

在我的概念中，婚姻一直是人类生存所面临的重大悖论之一，它不只是一个社会难题，更是一个永恒的人类难题。其困难在于，婚姻是一种社会组织，在本性上是要求稳定的，可是，作为它的自然基础的性爱却天然地倾向于变易，这种内在的矛盾是任何社会策略都消除不了的。面对这种矛盾，传统的社会策略是限制乃至扼杀性爱自由，以维护婚姻和社会的稳定，中国的儒家社会和西方的天主教社会都是这种做法。这样做的代价是牺牲了个人幸福，曾在历史上——在较弱的程度上仍包括今天——造成无数有形或无形的悲剧。然而，如果把性爱自由推至极端，完全无视婚姻稳定的要求，只怕普天下剩不下多少幸存的家庭了，而这种极度的动荡既不利于社会安定，也不会使个人真正幸福。

这么说并非危言耸听。问题在于，性爱在本质上是一种很不确定的感情。一方面，它具有一种浪漫倾向，所谓“人情固重难而轻易，喜新而厌旧”，这种心理在性爱中尤为突出。人们往往把未知的东西和难以得到的东西美化、理想化，于是邂逅的新鲜感和犯禁的自由感成了性爱快感的主要源泉。正因为这个原因，最令人难忘的爱情经历倘若不是初涉爱河的未婚恋，便多半是红杏出墙的婚外恋了。这种情形不能只归结为道德缺陷，而是有心理学上的原因的。另一方面，性爱又是一种纯粹的个人体验，并无客观标准可言。自己是否坠入情网，两情是否真正相悦，好感和爱情的界限在哪里，不但旁人难以判断，有时连当事人也把握不了。如果以这样一种既不稳定又不明确的感情为婚姻的唯一纽带，任何婚姻之岌岌可危就可想而知了。

二、出路：亲情式的爱情？

婚姻以爱情为基础是现代文明人的共识，我无意反对。为了在婚姻的悖论中寻找一条出路，我的想法是：我们也许应当改变一下思路，把作为婚姻之基础的爱情同上述那种浪漫式的爱情区分开来。那种浪漫式的爱情可能导致婚姻的缔结，但不能作为婚姻的持久基础。能够作为基础的是一种由爱情发展来的亲情，与那种浪漫式的爱情相区别，我称之为亲情式的爱情。在这种爱情中，浪漫因素也许仍然存在，但已降至次要地位，基本的成分乃是在长久共同生活中形成的彼此的信任感和相知相惜之情。西方一位社会学家把信任感视为好婚姻的第一要素，我觉得是有道理的。这种信任感不单凭借良好愿望，而是悠悠岁月培养起来的在重要的行为方式上互相尊重和赞成的能力，它随婚龄俱增，给人一种踏实感，会使婚姻散发出一种肃穆祥和的气氛。事实上，许多家庭之所以没有解体，并不是因为从未遭遇浪漫式爱情的诱惑，而恰恰是因为当事人看重含有这种来之不易的信任感的亲情式爱情，从而自觉地规避那种诱惑，或者在陷入诱惑之后仍能做出理智的选择，而受委屈的一方也乐意予以原谅。在我看来，凡是建立在这种亲情式爱情的基础上的婚姻不仅稳固，而且仍是高质量的。我不否认一次新的浪漫式爱情带来更佳婚姻的可能性，但是，第一，这终究是未知的，因而是一个冒险；第二，即便真的如此，在结婚之后，新的浪漫式爱情迟早仍要转变为亲情式爱情。我相信，认清了婚姻以亲情式爱情为基础的必然性和必要性，人们对于自身婚姻现状的评价就会客观一些，一旦面临去留的抉择，也就会慎重得多。

三、现代人的婚姻困境

现在可以谈一谈我对讨论主题的看法了。我们今天所遇到的婚姻难题，有些源于人性和婚姻的共性，有些来自中国当代社会的特殊境况，所谓“富裕的日子怎么过”涉及的是后一方面的问题。我的看法是，当今中国的现代化过程对于人们婚爱实践和观念的影响是双重的，有正有负，不可一概而论。

一方面，金钱势力的增长削弱乃至冲垮了过去曾经威力巨大的对个人婚爱行为的行政干预，市场所造成的人口流动又普遍增加了两性接触的机会，两者综合，人们在两性关系上的自由度明显地提高了。在就业自由、挣到钱就能在社会上立足的条件下，两性关系日益成为个人的私事，只要不触犯法律，行政权力对之无可奈何。反映到观念上，整个社会对之也日益持宽容和开放的态度。通奸罪的取消，离婚以感情破裂为唯一尺度，不过是法律对实践上和观念上的变化的事后追认。在这种情形下，一些原本没有任何爱情基础的劣质婚姻呈土崩瓦解之势，是不足怪也不足惜的。

但是，另一方面，金钱势力的增长也导致了人们物欲的膨胀和精神品格的下降，这种下降在两性关系上同样有所表现。且不说以性为商品的卖淫活动有猖獗之势，即使在一般的性交往中，灵肉的分离也是日甚一日。当两性之间的肉体接触变得十分随便之时，这种接触必然越来越失去情感的内涵。有的人认为，人一旦富裕了，对于性爱就会产生更高的精神需要。我觉得不能教条地搬用这种需要金字塔的理论，事实上，在那些精神素质差的人身上，金钱所起的使人堕落的作用远超过教化作用，他们因为肉欲的容易满足而更加蔑视爱情的价值。结果我们看到，人们虽然在两性关系上有了更多的自由，真正的爱情反而稀少了。许多婚姻之所以破裂，并不是由于浪漫式爱情的威力，而只是追求婚外性刺激的结果，一些有良好的亲情式爱情之基础的婚姻竟也在时髦的露水风流中倾覆了。

所以，在我看来，现代人的婚姻困境不是一个孤立现象，而是现代化进程中整体性精神危机的一个表征，是精神平庸化在两性关系上的表现。

四、性爱的自律

凡是在现代化进程中产生的弊病，唯有通过现代化进程本身才能解决，婚爱上的问题也是如此。有些人主张重新运用法律武器来惩办婚外恋，严格限制离婚自由。我认为走回头路是行不通的，即使行得通也是不可取的。我们应该看到，婚姻是性爱的社会形式，而性爱必须是一种自由行为才成其为性爱。法律在这方面的作用有其限度，它不能强迫一个人同自己不愿意的对象从事性行为，而倘若禁止感情已经破裂的婚姻解体，它实际上就是试图做这种蠢事。一个社会是否尊重和保护其成员在性爱上的自由，是这个社会的文明程度的标志。

当然，社会的文明程度还有另一方面的标志，便是其成员在性爱上能否自律。其实，自由本身即包含了自律之义，一个不能支配自己的欲望反而被欲望支配的人，你不能说他是一个自由人。人在两性关系中袒露的不但是自己的肉体，而且是自己的灵魂——灵魂的美丽或丑陋，丰富或空虚。一个人对待异性的态度最能表明他的精神品级，他在从兽向人上升的阶梯上处在怎样的高度。在性爱上能够自律的人，他在两性关系上有一种根本的严肃性，看重性关系中的情感价值，尊重其性伴侣的人格和心灵，珍惜爱情以及由爱情发展来的亲情。在我看来，这实际上也就是爱的能力，一个人是否具有这种能力，是比他的婚爱经历是否顺利更重要的事情。能否做到自律，取决于一个人的整体精神素质。在解除他律之后不能自律，正暴露了一个人整体精神素质的低劣。就整个社会看，这方面要有大改观将是一个漫长的过程，有待于整个民族素质的提高。西方人在放任式的性流浪之后重新走上了归家的路，这个先例或许可以给我们一种启发，使我们明白在一定时期内弯路的不可避免，同时也给我们一种希望，使我们对在现代文明水准上重获古老婚爱价值的前景抱有信心。

情欲的卑贱和伟大

叔本华说：人有两极，即生殖器和大脑，前者是盲目的欲望冲动，后者是纯粹的认识主体。对应于太阳的两种功能：生殖器是热，使生命成为可能；大脑是光，使认识成为可能。

很巧妙的说法，但多少有些贬低了性的意义。

人有生殖器，使得人像动物一样，为了生命的延续，不得不受欲望的支配和折磨。用自然的眼光看，人在发情、求偶、交配时的状态与动物并无本质的不同，一样缺乏理智，一样盲目冲动，甚至一样不堪入目。在此意义上，性的确最充分地暴露了人的动物性一面，是人永远属于动物界的铁证。

但是，让我们设想一下，如果人只有大脑，没有生殖器，会怎么样呢？没有生殖器的希腊人还会为了绝世美女海伦打仗，还会诞生流传千古的荷马史诗吗？没有旺盛的情欲，还会有拉斐尔的画和歌德的诗吗？总之，姑且假定人类能无性繁殖，倘若那样，人类还会有艺术乃至文化吗？在人类的文化创造中，性是不可或缺的角色，它的贡献绝不亚于大脑。

所以，情欲既是卑贱的，把人按倒在兽性的尘土中，又是伟大的，把人提升到神性的天堂上。性是生命之门，上帝用它向人喻示了生命的卑贱和伟大。

婚姻中的利益考虑

婚姻当然应该以爱情为基础，但是，在现实生活中，人们很难做到把爱情作为婚姻选择上的唯一考虑。一起过日子是非常实际的事情，除了爱情之外，不能不有一些实际的考虑，包括经济上的适当保障。

富婆找能干的穷雇员，大款找美貌的贫家女，这都没有什么大不了，因为他们反正不愁吃穿，与金钱相比，别的东西显得更有价值。可是，让一个尚在为生存奋斗的妙龄女子和一个她喜欢的穷困潦倒的书生结婚，她有所顾忌就是合乎情理的了。没有人乐意陪一个倒霉蛋过一辈子。如果她终于下了决心，很可能是寄希望于书生日后的境遇会改善。或者，一种很小的可能是，她认定书生是一个天才，愿意终生贫贱相守。

我想说的是，利益的考虑在婚姻中占有一定地位，这是正常的。只是万事都有一个度，如果利益成了主要的甚至唯一的考虑，正常就变成庸俗了。

如果进而很有心计地把婚姻当作谋取利益的手段，庸俗就变成卑鄙了。遗憾的是，在当今社会中，后两种情形大为增加了。

正是做自己喜欢的事，更应该从容，心灵是清明而活泼的，才会把事情做好，也才能享受做事的快乐。

恋家不需要理由

我发现，男人对家的眷恋并不逊于女人，顾家的男人绝不少于顾家的女人。我承认，我也是一个比较恋家和顾家的男人。我尝自问：大千世界，有许多可爱的女人，生活有无数种可能性，你坚守着与某一个女人组成的这个小小的家，究竟有什么理由？我给自己一条条列举出来，觉得都不成其为充足理由。我终于明白了：恋家不需要理由。只要你在这个家里感到自由自在，没有压抑感和强迫感，摩擦和烦恼当然免不了，但都能够自然地化解，那么，这就证明你的生活状态是基本对头的，你是适合于过有家的生活的。

相当一些男人在人生中的某个阶段好像会面临一个选择：结婚还是独身，要不要一个家？不过，在大多数情形下，这个问题的解决权并不掌握在思考者手中，抽象的决定往往会在个人支配不了的生活实践中改变或放弃。据我观察，不管是因为本性还是因为习俗，坚定的独身主义者是很少的，实际生活中的独身者多半并非出于信念自觉地选择了独身，而是由于机遇不佳无奈地接受了独身。

当然啦，的确有极少数男人在本性上与家庭生活格格不入。这主要是两类，我称之为极端风流型的男人和极端事业型的男人。多数男人（姑且不论女人）的天性中都有风流的因子，但常常能够自觉地（因为珍惜现有的婚爱）或被迫地（因为实际的利害关系）加以克制。当今一种时髦的做法是顾家和风流两不误，一旦发生冲突，如果办得到的话，就暂时牺牲风流而保全家庭。如果一个男人风流到了妻离子散在所不惜的地步，并且只是风流成性而不是因为坠入了新的情网，那么，他就可以称作极端风流型的男人，他应该看清自己的天性，永远断绝成家的念头。

至于所谓极端事业型的男人，我是指事业上的迷狂者，这种人只有一根筋，除了他所醉心的事业之外，对人生中的其余内容一概不感兴趣，并且极其无能。这样的人很可能是某一领域的天才，我们无权用常识来衡量他。但他毕竟不适合过普通的家庭生活，却也是事实。要他担负起一个丈夫或一个父亲的责任，等于是巨大的灾难。当然，倘若有可敬的女性甘愿献身，服侍他的起居，于他也许是幸事。可惜的是，很少有女人甘愿只当丈夫的保姆，哪怕她的丈夫是一个天才。

写到这里，我可以对自己下一断定了：我不是一个极端的男人。换一句话说，我是一个比较中庸的男人。如果要找恋家的理由，这算是一个吧。

在黑暗中并肩行走

人们常常说，人与人之间，尤其相爱的人之间，应该互相了解和理解，最好做到彼此透明，心心相印。史怀泽却在《我的青少年时代》中说，这是不可能的，即使可能，任何人也无权对别人提出这种要求。“不仅存在着肉体上的羞耻，而且还存在着精神上的羞耻，我们应该尊重它。心灵也有其外衣，我们不应脱掉它。”如同对于上帝的神秘一样，对于他人灵魂的神秘，我们同样不能像看一本属于自己的书那样去阅读和认识，而只能给予爱和信任。每个人对于别人来说都是一个秘密，我们应该顺应这个事实。相爱的人们也只是“在黑暗中并肩行走”，所能做到的仅是各自努力追求心中的光明，并互相感受到这种努力，互相鼓励，而“不需要注视别人的脸和探视别人的心灵”。

读着这些精彩无比的议论，我无言而折服，它们使我瞥见了史怀泽的“敬畏生命”伦理学的深度。凡是有着深刻而丰富的内心生活的人，必然会深知一切精神事物的神秘性并对之充满敬畏之情，史怀泽就是这样的一个人。在他看来，一切生命现象都是世界某种神秘的精神本质的显现，由此他提出了敬畏一切生命的主张。在一切生命现象中，尤以人的心灵生活最接近世界的这种精神本质。因而，他认为对于敬畏世界之神秘本质的人来说，“敬畏他人的精神本质”乃是不言而喻的事情。

以互相理解为人际关系的鹄的，其根源就在于不懂得人的心灵生活的神秘性。按照这一思路，人们一方面非常看重别人是否理解自己，甚至公开索取理解。至少在性爱中，索取理解似乎成了一种最正当的行为，而指责对方不理解自己则成了最严厉的谴责，有时候还被用作破裂前的最后通牒。另一方面，人们又非常踊跃地要求理解别人，甚至以此名义强迫别人袒露内心的一切，一旦遭到拒绝，便斥以缺乏信任。在爱情中，在亲情中，在其他较亲密的交往中，这种因强求理解和被理解而造成的有声或无声的战争，我们见得还少吗？可是，仔细想想，我们对自己又真正理解了多少？一个人懂得了自己理解自己之困难，他就不会强求别人完全理解自己，也不会奢望自己完全理解别人了。

在最内在的精神生活中，我们每个人都是孤独的，爱并不能消除这种孤独，但正因为由己及人地领悟到了别人的孤独，我们内心才会对别人充满最诚挚的爱。我们在黑暗中并肩而行，走在各自的朝圣路上，无法知道是否在走向同一个圣地，因为我们无法向别人甚至向自己说清心中的圣地究竟是怎样的。然而，同样的朝圣热情使我们相信，也许存在着同一个圣地。作为有灵魂的存在物，人的伟大和悲壮尽在于此了。

婚姻，为爱筑一个好巢

一、为爱筑一个好巢

婚姻有何必要？我的回答是：为爱筑一个好巢。

爱情是一只鸟儿在天空飞翔，它自由，但也需要栖息；它空灵，但也需要踏实；它娇弱，因此需要保护；它任性，因此需要训导。婚姻所提供的，正是栖息、踏实、保护和训导。

鸟儿总在空中飞，会疲惫、恐慌，会累死，爱情也是如此。

当然，筑一个好巢不容易，要学鸟儿筑巢的勤勉、细致和耐心。

二、不同的愿望

一个年轻人说：宁要浪漫的爱情，不要平庸的婚姻。人到中年后他说：宁要平静的婚姻，不要动荡的爱情。说得都对。生命的不同季节，生命的愿望也不同。

三、大抵如此

爱情大抵要死要活，婚姻大抵不死不活。

四、对亲近者不挑剔

夫妻容易发生争吵，因为我们对亲近之人往往挑剔。当然也有不争吵的夫妻，情况可能有二。一是双方或其中一方内心已足够疏远，到了不屑于挑剔的程度。二是双方或其中一方有足够好的教养，摆脱了对亲近者挑剔的本能逻辑。是的，对亲近者挑剔是一种本能，而警惕这种本能，做到对亲近者不挑剔，则是一种教养。

五、孩子使夫妻成为血缘亲人

爱情是寻找灵魂的亲人。婚姻是结为肉体的亲人。在性行为中，双方的身体达到了亲昵的极限。但是，一对男女通过做爱永远不能成为血缘意义上的亲人，唯有通过生育，才能开创出一个新的血缘关系。在孩子身上，双亲的血流在一起，两支本无联系的血脉联结成亲缘，从此生生不息，延续久远。正是凭借孩子，夫妻之爱在血缘意义上也成了亲情。

六、生命也是伟大的事业

性本能分两个层次。浅层次是快乐本能，即男欢女爱。直到孩子出生，一直潜伏着的深层次才显现出来，那便是种族本能，它以势不可当的力量觉醒了，使我们感受到巨大的幸福。这是大自然的狡计，让你男欢女爱，让你贪图快乐，结果弄出来了一个孩子，接着就让你辛苦，还让你感到这辛苦是更大的快乐。不过，就算是中了大自然的狡计，那快乐却是实实在在的，是生命根底里的快乐，而做一回大自然的工具也不算什么耻辱。从生命的角度看，世上有什么事业比种族延续更伟大？为人父母让我们体会到，生命既是巨大的喜悦，也是伟大的事业。

七、不同的儿女观

中国人喜欢说：儿女是讨债鬼。西方人喜欢说：孩子是上帝的礼物。观念截然相反。究其原因，也许在社会伦理的不同。

中国过去是宗法社会，养儿育女只是为了传宗接代。不孝有三，无后为大。儿女之所以重要，只因为宗法系统重要，儿女是传承宗法系统的工具，一旦出差错，责任天大。所以，父母要为儿女做牛做马，儿女怎么不是讨债鬼呢？

儿女在人身上附属于父母，亲子关系似乎是主奴关系，但实际上，父母和儿女都是宗族的奴隶，都不自由。

西方是自由社会，孩子是独立的生命，亲子关系是自由人之间的关系。儿女年幼时，父母有抚养和监护之责任，此种责任相当于动物对于幼仔的责任，具有自然的性质，洋溢着生命的快乐。儿女成年之后，此种责任便解除，儿女自己做主并承担责任。父母充分享受养育新生命的快乐，并不承受超出自然规定的责任，孩子怎么不是上帝的礼物呢？

当然，随着宗法社会的解体，中国的情形在发生变化。现在的父母已经很少说儿女是讨债鬼了，新一代的父母越来越觉得孩子是上帝的礼物了。

第六章

珍惜平凡的生活

灵魂的行走只有一个目标，就是寻找上帝。

灵魂之所以只能独行，是因为每一个人只有自己寻找，才能找到他的上帝。

平常心

一

世上有一些东西，是你自己支配不了的，比如运气和机会、舆论和毁誉，那就不去管它们，顺其自然吧。

世上有一些东西，是你自己可以支配的，比如兴趣和志向、处世和做人，那就在这些方面好好地努力，至于努力的结果是什么，也顺其自然吧。

二

我们不妨去追求最好——最好的生活、最好的职业、最好的婚姻、最好的友谊，等等。但是，能否得到最好，取决于许多因素，不是光靠努力就能成功的。因此，如果我们尽了力，结果得到的不是最好的，而是次好的，次次好的，我们也应该坦然地接受。人生原本就是有缺憾的，在人生中需要妥协。不肯妥协，和自己过不去，其实是一种痴愚，是对人生的无知。

三

要有平常心。人到中年以后，也许在社会上取得了一点儿虚名浮利，这时候就应该牢记一无所有的从前。事实上，谁来到这个世界的时候不是一条普通的生命？有平常心的人，看己看人都能除去名利的伪饰。

四

人过中年，就应该基本戒除功利心、贪心、野心，给善心、闲心、平常心让出地盘了，它们都源自一种看破红尘名利、回归生命本质的觉悟。如果没有这个觉悟会怎样呢？据说老年人容易变得冷漠、贪婪、自负，这也许就是答案吧。

五

在青年时期，人有虚荣心和野心是很正常的。成熟的标志是自我认识，认清了自己的天赋方向，于是外在的虚荣心和野心被内在的目标取代。

六

人在年轻时会给自己规定许多目标，安排许多任务，入世是基本的倾向。中年以后，就应该多少有一点出世的心态了。所谓出世，并非纯然消极，而是与世间的事务和功利拉开一个距离，活得洒脱一些。

一个人的实力未必表现为在名利山上攀登，真有实力的人还能支配自己的人生走向，适时地退出竞赛，省下时间来做自己喜欢做的事，享受生命的乐趣。

七

野心倘若肯下降为平常心，同时也就上升成了慧心。

八

在现代社会里生活，忙也许是常态。但是，常态之常，指的是经常，而非正常。倘若被常态禁锢，把经常误认作正常，心就会在忙中沉沦和迷失。警觉到常态未必正常，在忙中保持心的从容，这是一种觉悟，也是一种幸福。

九

对于忙，我始终有一种警惕。我确立了两个界限，第一要忙得愉快，只为自己真正喜欢的事忙；第二要忙得有分寸，做多么喜欢的事也不让自己忙昏了头。其实，正是做自己喜欢的事，更应该从容，心灵是清明而活泼的，才会把事情做好，也才能享受做事的快乐。

十

从容中有一种神性。在从容的心境中，我们仍得以领悟上帝的作品，并以之为榜样来创作人类的作品。没有从容的心境，我们的一切忙碌就只是劳作，不复有创造；一切知识的追求就只是学术，不复有智慧；一切成绩就只是功利，不复有心灵的满足；甚至一切宗教活动也成了世俗的事务，不复有真正的信仰。没有从容的心境，无论建立起多么辉煌的物质文明，我们过的仍是野蛮的生活。

十一

生而为人，忙于人类的事务本无可非议，重要的是保持心的从容。

十二

一个人有能力做神，却生而为人，他就成了哲人。

苏格拉底说："我知道我一无所知。"他心中有神的全知，所以知道人归根结底是无知的，别的人却把人的一知半解当成了全知。

心中有完美，同时又把不完美作为人的命运承受下来，这就是哲人。

简单生活

一

在五光十色的现代世界中，让我们记住一个古老的真理：活得简单才能活得自由。

二

自古以来，一切贤哲都主张过一种简朴的生活，以便不为物役，保持精神的自由。

事实上，一个人为维持生存和健康所需要的物品并不多，超乎此的属于奢侈品。它们固然提供享受，但更强求服务，反而成了一种奴役。

现代人是活得愈来愈复杂了，结果得到许多享受，却并不幸福，拥有许多方便，却并不自由。

三

一切奢侈品都给精神活动带来不便。

四

有钱又有闲当然幸运，倘不能，退而求其次，我宁做有闲的穷人，不做有钱的忙人。我爱闲适胜于爱金钱。金钱终究是身外之物，闲适却使我感到自己是生命的主人。

五

只有一次的生命是人生最宝贵的财富，但许多人宁愿用它来换取那些次宝贵或不甚宝贵的财富，把全部生命耗费在学问、名声、权力或金钱的积聚上。他们临终时当如此悔叹："我只是使用了生命，而不曾享受生命！"

六

人们不妨赞美清贫，却不可讴歌贫困。人生的种种享受是需要好的心境的，而贫困会剥夺好的心境，足以扼杀生命的大部分乐趣。

金钱的好处便是使人免于贫困。

但是，在提供积极的享受方面，金钱的作用极其有限。人生最美好的享受，包括创造、沉思、艺术欣赏、爱情、亲情等，都非金钱所能买到。原因很简单，所有这类享受皆依赖于心灵的能力，而心灵的能力是与钱包的鼓瘪毫不相干的。

七

智者的共同特点是：一方面，最少的物质就能使他们满足；另一方面，再多的物质也不能使他们满足。

八

一个人可以凭聪明、勤劳和运气挣许多钱，但如何花掉这些钱却要靠智慧了。

如何花钱比如何挣钱更能见出一个人的品位高下。

九

金钱，消费，享受，生活质量——当我把这些相关的词排列起来时，我忽然发现它们有一种递减关系：金钱与消费的联系最为紧密，与享受的联系要弱一些，与生活质量的联系就更弱。因为至少，享受不限于消费，还包括创造，生活质量不只看享受，还要看承受苦难的勇气。在现代社会里，金钱的力量有目共睹，但是这种力量肯定没有大到足以修改我们对生活的基本理解。

重视内在生活

我刚刚过了 65 岁生日。即使在老龄标准大大推迟的今天，这个年龄的人也不能赖在中老年交界的碑石前踅不挪步了。心态多么年轻，也阻挡不了时间加速度的步伐，曾经觉得非常遥远的半百、花甲，一眨眼已经都落在了身后。岁月无情，人生易老，对此真是无话可说。

然而，好的心态仍是重要的。这个好的心态，不是傻乐，不是装嫩，而是历经沧桑之后的豁然开朗。我体会到，人过中年以后，应该逐步建立两方面的觉悟，一方面是与人生必有的缺陷达成和解，另一方面是对人生根本的价值懂得珍惜。有了这两方面的觉悟，就会有好的心态。

人生的根本价值，不可缺少内在生活这一维。对于我自己来说，正如许多先贤用亲身体验所指出的，促进生命的内在化乃是人生最后阶段的重大使命。对于这个浮躁的时代来说，重视内在生活则是一个必要的提醒。社会种种危象，究其根源之一，正是外在生活膨胀，内在生活萎缩。无论什么样的救世方策，缺了灵魂的觉醒这一条，都不可能成功。

诗意方式就是要摆脱狂妄的人类中心主义和狭窄的功利主义的眼光，用一种既谦虚又开阔的眼光看自然万物。

诗意地栖居

一

天生万物，各有其用，这个用不是只对人而言的。用哲学的语言说，万物都有其自身的存在和权利；用科学的语言说，万物构成了地球上自循环的生态系统。然而，在技术方式的统治下，自然万物都失去了自身的丰富性和本源性，缩减成了某种可以满足人的需要的功能，对人而言的一种使用价值，简言之，仅仅被看成了资源和能源。

与技术方式相反，诗意方式就是要摆脱狂妄的人类中心主义和狭窄的功利主义的眼光，用一种既谦虚又开阔的眼光看自然万物。一方面，作为自然大家庭中的普通一员，人以平等的态度尊重万物的存在和权利。另一方面，作为地球上唯一的精神性存在，人又通过与万物和谐相处而领悟存在的奥秘。

二

人，栖居在大地上，来自泥土，也归于泥土，大地是人的永恒家园。如果有一种装置把人与大地隔绝开来，切断了人的来路和归宿，这样的装置无论多么奢华，又能算是什么家园呢？

人，栖居在天空下，仰望苍穹，因惊奇而探究宇宙之奥秘，因敬畏而感悟造物之伟大，于是有科学和信仰，此人所以为万物之灵。如果高楼蔽天，俗务缠身，人不再仰望苍穹，这样的人无论多么有钱，算是什么万物之灵呢？

三

创造城市，在大地上演绎五彩缤纷的人间故事，证明了人的聪明。可是，倘若人用自己的作品把自己与上帝的作品隔离开来，那就是愚昧。倘若人用自己的作品排挤和毁坏掉上帝的作品，那就是亵渎。

四

在城市化进程中，我们必须经常问自己几个问题：我们将给子孙留下什么？我们是否消灭了该留下的东西，又制造了不该留下的东西？我们把祖宗在这片土地上创造的宝贵遗产糟蹋掉了，把大自然赠予的肥沃田野鲸吞掉了，盖上了大批今后不得不拆的建筑，它们岂不将成为子孙的莫大难题，成为一份几乎无法偿还的账单？建设的错误是难以弥补的，但愿我们不要成为挨好几代子孙骂的一代人。

五

在席卷全国的开发热中，国人眼中只看得见资源，名山只是旅游资源，大川只是水电资源，土地只是地产资源，矿床只是矿产资源，皆已被开发得面目全非。这个被人糟蹋得满目疮痍的大地，如何还能是诗意地栖居的家园？

六

若要追究我们对待自然的错误方式的根源，恰恰在于我们的价值观、幸福观出了问题。正因为在我们的幸福蓝图中诗意已经没有一点位置，我们才会以没有丝毫诗意的方式对待自然。在今天，人们往往把物质资料的消费视为幸福的主要内容，国家也往往把物质财富的增长视为治国的主要目标，我可断言，这样的价值观若不改变，人类若不约束自己的贪欲，人对自然的掠夺就不可能停止。

七

春来春去，花开花落，原是自然界的现象，似乎不足悲喜。然而，偏是在春季，物象的变化最丰富也最微妙，生命的节奏最热烈也最急促，诗人的心，天下一切敏感的心，就不免会发生感应了。心中一团朦胧的情绪，似甜却苦，乍喜还悲，说不清道不明，我们的古人称之为“愁”。

细究起来，这“愁”又是因人因境而异，由不同的成分交织成的。触景生情，仿佛起了思念，却没有思念的具体对象，是笼统的春愁。有思念的对象，但山河阻隔，是离愁。孤身漂泊，睹景思乡，是旅愁和乡愁。因季节变迁而悲年华的虚度或平生的不得志，是闲愁。因季节变迁而悲时光的流逝和岁月的无常，便是短暂人生的万古大愁了。

我们不要讥笑古人多愁善感，倒不妨扪心自问，在匆忙的现代生活中，我们的心情与自然的物候之间还能否有如此密切的感应，我们的心肠是否已经太硬，对于自然界的生命节奏是否已经太麻木？

与万物交谈

人习惯于以万物的主人自居，而把万物视为自己认知和利用的对象。海德格尔把这种对待事物的方式称作技术的方式。在这种方式统治下，自然万物都失去了自身的丰富性和本源性，缩减成了某种可以满足人的需要的功能，只剩下了功能化的虚假存在。他呼吁我们摆脱技术方式的统治，与万物平等相处。

其实，这也是现代许多诗性哲人的理想。在摆脱了认知和被认知、利用和被利用的关系之后，人不再是主体，物不再是客体，而都成了宇宙大家庭中的平等成员。那时候，一切存在者都回到了存在的本来状态，都在用自己的语言说话。尼采曾用诗意的语言描绘这种境界："这里一切存在的语言和语言宝库向我突然打开；这里一切存在都想变成语言，一切生成都想向我学习言谈。"

在观赏者眼中，再美的花也只是花而已。唯有当观赏停止、交流和倾听开始之时，花儿才会对你显灵和倾谈。

平淡的境界

一

很想写好的散文，一篇篇写，有一天突然发现竟积了厚厚一摞。这样过日子，倒是很惬意的。至于散文怎么算好，想来想去，还是归于“平淡”二字。

以平淡为散文的极境，这当然不是什么新鲜的见解。苏东坡早就说过“寄至味于淡泊”一类的话。今人的散文，我喜欢梁实秋的，读起来真是非常舒服，他追求的也是“绚烂之极归于平淡”的境界。不过，要达到这境界谈何容易。“作诗无古今，惟造平淡难。”之所以难，我想除了在文字上要下千锤百炼的功夫外，还因为这不是单单文字功夫能奏效的。平淡不但是一种文字的境界。更是一种胸怀，一种人生的境界。

仍是苏东坡说的："大凡为文，当使气象峥嵘，五色绚烂，渐老渐熟，乃造平淡。"所谓老熟，想来不光指文字，也包含年龄阅历。人年轻时很难平淡，譬如正走在上山的路上，多的是野心和幻想。直到攀上绝顶，领略过了天地的苍茫和人生的限度，才会生出一种散淡的心境，不想再匆匆赶往某个目标，也不必再担心错过什么，下山就从容多了。所以，好的散文大抵出在中年之后，无非是散淡人写的散淡文。

当然，年龄不能担保平淡，多少人一辈子蝇营狗苟，死不觉悟。说到文人，最难戒的却是卖弄，包括我自己在内。写文章一点不卖弄殊不容易，而一有卖弄之心，这颗心就已经不平淡了。举凡名声、地位、学问、经历，还有那一副多愁善感的心肠，都可以拿来卖弄。不知哪里吹来一股风，散文中开出了许多顾影自怜的小花朵。读有的作品，你可以活脱看到作者多么知道自己多愁善感，并且被自己的多愁善感所感动，于是愈发多愁善感了。戏演得愈真诚，愈需要观众。他确实在想象中看到了读者的眼泪，自己禁不住也流泪，泪眼蒙眬地在稿子上签下了自己的名字。

好的散文家是旅人，他只是如实记下自己的人生境遇和感触。这境遇也许很平凡，这感触也许很普通，然而是他自己的，他舍不得丢失。他写时没有想到读者，更没有想到流传千古。他知道自己是易朽的，自己的文字也是易朽的，不过他不在乎。这个世界已经有太多的文化，用不着他再来添加点什么。另一方面呢，他相信人生最本质的东西终归是单纯的，因而不会永远消失。他今天所捡到的贝壳，在他之前一定有许多人捡到过，在他之后一定还会有许多人捡到。想到这一点，他感到很放心。

有一年我到云南大理，坐在洱海的岸上，看白云在蓝天下缓缓移动，白帆在蓝湖上缓缓移动，心中异常宁静。这景色和这感觉千古如斯，毫不独特，却很好。那时就想，刻意求独特，其实也是一种文人的做作。

活到今天，我觉得自己已经基本上（不是完全）看淡了功名富贵，如果再放下那一份“语不惊人死不休”的虚荣心，我想我一定会活得更自在，那么也许就具备了写散文的初步条件。

二

当然，要写好散文，不能光靠精神涵养，文字上的功夫也是缺不了的。

散文最讲究味。一个人写散文，是因为他品尝到了某种人生滋味，想把它说出来。散文无论叙事、抒情、议论，或记游、写景、咏物，目的都是说出这个味来。说不出一个味，就不配叫散文。譬如说，游记写得无味，就只好算导游指南。再也没有比无味的散文和有学问的诗更让我厌烦的了。

平淡而要有味，这就难了。酸甜麻辣，靠的是作料。平淡之为味，是以原味取胜，前提是东西本身要好。林语堂有一妙比：只有鲜鱼才可清蒸。袁中郎云：“凡物酿之得甘，炙之得苦，唯淡也不可造，不可造，是文之真性灵也。”平淡是真性灵的流露，是本色的自然呈现，不能刻意求得。庸僧谈禅，与平淡沾不上边儿。

说到这里，似乎说的都是内容问题，其实，文字功夫的道理已经蕴含在其中了。

如何做到文字平淡有味呢？

第一，家无鲜鱼，就不要宴客。心中无真感受，就不要作文。不要无病呻吟，不要附庸风雅，不要敷衍文债，不要没话找话。尊重文字，不用文字骗人骗己，乃是学好文字功夫的第一步。

第二，有了鲜鱼，就得讲究烹调了，目标只有一个，即保持原味。但怎样才能保持原味，却是说不清的，要说也只能从反面来说，就是千万不要用不必要的作料损坏了原味。作文也是如此。林语堂说行文要“来得轻松自然，发自天籁，宛如天地间本有此一句话，只是被你说出而已”。话说得极漂亮，可惜做起来只有会心者知道，硬学是学不来的。我们能做到的是谨防自然的反面，即不要做作，不要着意雕琢，不要堆积辞藻，不要故弄玄虚，不要故作高深，等等，由此也许可以逐渐接近一种自然的文风了。爱护文字，保持语言在日常生活中的天然健康，不让它被印刷物上的流行疾患侵染和扭曲，乃是文字上的养身功夫。

第三，只有一条鲜鱼，就不要用它熬一大锅汤，冲淡了原味。文字贵在凝练，不但在一篇文章中要尽量少说和不说废话，而且在一个句子里也要尽量少用和不用可有可无的字。文字的平淡得力于自然质朴，有味则得力于凝聚和简练了。因为是原味，所以淡，因为水分少，密度大，所以又是很浓的原味。事实上，所谓文字功夫，基本上就是一种删除废话废字的功夫。陀思妥耶夫斯基在谈到普希金的诗作时说：“这些小诗之所以看起来好像是一气呵成的，正是因为普希金把它们修改得太久了的缘故。”梁实秋也是一个极知道割爱的人，所以他的散文具有一种简练之美。世上有一挥而就的佳作，但一定没有未曾下过锤炼功夫的文豪。灵感是石头中的美，不知要凿去多少废料，才能最终把它捕捉住。

如此看来，散文的艺术似乎主要是否定性的。这倒不奇怪，因为前提是有好的感受，剩下的事情就只是不要把它损坏和冲淡。换一种比方，有了真性灵和真体验，就像是有了良种和肥土，这都是文字之前的功夫，而所谓文字功夫无非就是对长出的花木施以防虫和剪枝的护理罢了。

生活的减法

这次旅行，从北京出发，乘的是法航，可以托运六十公斤行李。谁知到了圣地亚哥，改乘智利国内航班，只准托运二十公斤了。于是，只好把带出的两只箱子精简掉一只，所剩的物品就很少了。到住处后，把这些物品摆开，几乎看不见，好像住在一间空屋子里。可是，这么多天下来了，我并没有感到缺少了什么。回想在北京的家里，比这大得多的屋子总是满满的，每一样东西好像都是必需的，但我现在竟想不起那些必需的东西是什么了。于是我想，许多好像必需的东西其实是可有可无的。

在北京的时候，我天天都很忙碌，手头总有做不完的事。直到这次出发的前夕，我仍然分秒必争地做着我认为十分紧迫的事中的一件。可是，一旦踏上旅途，再紧迫的事也只好搁下了。现在，我已经把所有似乎必须限期完成的事搁下好些天了，但并没有发现造成了什么后果。于是我想，许多好像必须做的事其实是可做可不做的。

许多东西，我们之所以觉得必需，只是因为我们已经拥有它们。当我们清理自己的居室时，我们会觉得每一样东西都有用处，都舍不得扔掉。可是，倘若我们必须搬到一个小屋去住，只允许保留很少的东西，我们就会判断出什么东西是自己真正需要的了。那么，我们即使有一座大房子，又何妨用只有一间小屋的标准来限定必需的物品，从而为美化居室留出更多的自由空间?

许多事情，我们之所以认为必须做，只是因为我们已经把它们列入了日程。如果让我们凭空从其中删除某一些，我们会难做取舍。可是，倘若我们知道自己已经来日不多，只能做成一件事情，我们就会判断出什么事情是自己真正想做的了。那么，我们即使还能活很久，又何妨用来日不多的标准来限定必做的事情，从而为享受生活留出更多的自由时间?

在观赏者眼中，再美的花也只是花而已。唯有当观赏停止、交流和倾听开始之时，花儿才会对你显灵和倾谈。

阅读是精神生活

一

阅读是与历史上的伟大灵魂交谈，借此把人类创造的精神财富“占为己有”。写作是与自己的灵魂交谈，借此把外在的生命经历转变成内在的心灵财富。信仰是与心中的上帝交谈，借此积聚“天上的财富”。这是人生不可缺少的三种交谈，而这三种交谈都是在独处中进行的。

二

阅读是个人的精神生活，一个真正有阅读爱好和习惯的人，必定是自己选择适合于他的精神食粮，不会跟着媒体跑。这和是不是所谓“精英”

毫无关系。你不是作为“精英”，但必须是作为“个人”，而不是作为“大众”，才能走进真正属于你的书籍世界。使我反感的正是现在这种由强势媒体主宰多数人阅读取向的局面，一段时间里人们一窝蜂全去读某一个作家的作品或某一本书，这些仅仅跟着媒体跑的人是不折不扣的“大众”，而不再是“个人”，我在此意义上称之为“大众文化消费”，定性非常准确，一点儿没有冤枉他们。

三

置身于传统之外，没有人能够成为思想者。做一个思想者，意味着以自己的方式参与到人类精神传统中去，成为其中积极的一员。对于每一个个体来说，这个传统一开始是外在于他的，他必须去把它“占为己有”，而阅读经典便是“占为己有”的最基本的途径。

四

人文经典是一座圣殿，它就在我们身边，一切时代的思想者正在那里聚会，我们只要走进去，就能聆听到他们的嘉言隽语。就最深层的精神生活而言，时代的区别并不重要，无论是两千年前的先贤，还是近百年来的今贤，都同样古老，也都同样年轻。

五

文化环境不是物理学意义上的环境，对它的理解不能局限于当下的一时一地。几千年来，人类的精神探索形成了一个伟大的传统，这个传统既包容了又超越了一切时代和民族，对于人类每一个有心提高自己精神素质的成员来说，它都是最广阔也最深刻的文化环境。

那么，我们到哪里去寻找这个传统呢？我的回答是：到经典著作中去，因为经典著作正是这个传统的最重要载体。

六

每一部经典作品都扎根在人类精神生活的至深土壤之中，正因为如此，所以能够在不同时代的个人的心灵中抽出新芽。

七

阅读经典，就是在今天成为一个醒客，就是今天的醒客与历史上那些伟大的醒客对话。这时候你会发现，其实你并不孤独，存在着一个醒客的世界，这个世界超越于历史的变迁和人间的喧哗而长存，把一切时代的思想者联结成一个整体。

八

直接向大师学习，这是我的阅读定位，我自己受益无穷，因此也乐意推荐给别人。中外经典名著是人类的伟大精神财富，最好的东西就在那里，为什么不去享用，却把时间浪费在次好的、较差的东西上？

九

书籍是人类经典文化的主要载体。电视和网络更多地着眼于当下，力求信息传播的新和快，不在乎文化的积淀。因此，一个人如果主要甚至仅仅看电视和上网，他基本上就是一个没有文化的人。他也许知道天下许多奇闻八卦，但这些与他的真实生活毫无关系，与他的精神成长更毫无关系。一个不读书的人是没有根的，他对人类文化传统一无所知，本质上是贫乏和空虚的。我希望今天的青少年不要成为没有文化的一代人。

十

对今天青年人的一句忠告：多读书，少上网。你可以是一个网民，但你首先应该是一个读者。如果你不读书，只上网，你就真成一条“网虫”了。称“网虫”是名副其实的，整天挂在网上，看八卦、聊天、玩游戏，精神营养极度不良，长成了一条“虫”。

“网虫”是什么好名头啊？做“书虫”当然也不好。不过，书籍是人类精神财富的主要宝库，你只要善于利用这个宝库，汲取营养，就一定会发育良好，成为精神上强健的人。

我承认互联网是一个好工具，然而，要把它当工具使用，前提是你精神上足够强健。否则，结果只能是它把你当工具使用，诱使你消费，它赚了钱，你却被毁了。

十一

事实上，无论《论语》《庄子》，还是柏拉图、《圣经》、佛经，核心的东西都是世界观，而每一种世界观都有着特殊而深刻的内涵。快乐只是心灵状态，不是世界观，至多是世界观所达至的某一种心灵状态。凡深刻的世界观，所达至的心灵状态绝不仅是快乐，必定还有博大的悲悯，对于社会现实的关系也绝不仅是超脱，必定还有坚定的批判。舍弃掉世界观，把心灵的快乐当作目的本身来追求，就真会把所解读的任何一种伟大哲学稀释为心灵鸡汤了。

十二

被娱乐化了的经典已经不是经典了。它引导人们去关注的不是经典里最有价值的东西，而是去找故事、找噱头，经典已经被弄得面目全非了。还不如一无所知呢，这样的话，总会有一些人直接去读经典并且真正读懂它。

十三

我的读书旨趣有三个特点。第一，虽然我的专业是哲学，但我的阅读范围不限于哲学，我始终喜欢看“课外书”，而我从文学作品和各类人文书籍中同样学到了哲学。第二，虽然我的阅读范围很宽，但对书籍的选择却很挑剔，以读经典名著为主，其他的书只是随便翻翻，对媒体宣传的畅销书完全不予理睬。第三，虽然读的是经典名著，但我喜欢把它们当作闲书来读，不端做学问的架子，而我确实在读经典名著中得到了最好的消遣。

十四

我衡量一本书对于我的价值的标准是：读了它之后，我自己是否也抑制不住地想写点什么，哪怕我想写的东西表面上与它似乎全然无关。它给予我的是一种氛围，一种心境，使我仿佛置身于一种合宜的气候里，心中潜藏的种子因此发芽破土了。

十五

有的书会唤醒我的血缘本能，使我辨认出我的家族渊源。书籍世界里是存在亲族谱系的，同谱系中的佼佼者既让我引以自豪，也刺激起了我的竞争欲望，使我也想为家族争光。

十六

我在生活、感受、思考，把自己意识到的一些东西记录了下来。更多的东西尚未被我意识到，它们已经存在，仍处在沉睡和混沌之中。读书的时候，因为共鸣，因为抗争，甚至因为走神，沉睡的被唤醒了，混沌的变清晰了。对于我来说，读书的最大乐趣之一是自我发现，知道自己原来还有这么一些好东西。

做一个终身读者

读者是一个美好的身份。

在很大程度上，人类精神文明的成果是以书籍的形式保存的，而读书就是享用这些成果并把它们据为己有的过程。做一个读者，就是加入到人类精神文明的传统中去，做一个文明人。相反，对于不是读者的人来说，凝聚在书籍中的人类精神财富等于不存在，他们不去享用和占有这笔宝贵的财富，一个人唯有在成了读者以后才会知道，这是多么巨大的损失。历史上有许多伟大的人物，在他们众所周知的声誉背后，往往有一个人所不知的身份，便是终身读者，即一辈子爱读书的人。在某种意义上，一个民族的精神素质也取决于人口中高趣味读者的比例。

然而，一个人并不是随便读点什么就可以称作读者的。在我看来，一个真正的读者应该具备以下特征：

第一，养成了读书的癖好。

也就是说，读书成了生活的必需，真正感到不可缺少，几天不读书就寝食不安，自惭形秽。如果你必须强迫自己才能读几页书，你就还不能算是一个真正的读者。当然，这种情形绝非刻意为之，而是自然而然的，是品尝到了阅读的快乐之后的必然结果。事实上，每个人天性中都蕴含着好奇心和求知欲，因而都有可能依靠自己去发现和领略阅读的快乐。遗憾的是，当今功利至上的教育体制正在无情地扼杀人性中这种最宝贵的特质。在这种情形下，我只能向有识见的教师和家长反复呼吁，请你们尽最大可能保护孩子的好奇心。我还要提醒那些聪明的孩子，在达到一定年龄之后，你们要善于向现行教育争自由，学会自我保护和自救。

第二，形成了自己的读书趣味。

世上书籍如汪洋大海，再热衷的书迷也不可能穷尽，只能尝其一瓢，区别在于尝哪一瓢。读书是一件非常私人的事情，喜欢读什么书，不论范围是宽是窄，都应该有自己的选择，体现自己的个性和兴趣。其实，形成个人趣味与养成读书癖好是不可分的，正因为找到了和预感到了书中知己，才会锲而不舍，欲罢不能。没有自己的趣味，仅凭道听途说东瞧瞧，西翻翻，连兴趣也谈不上，遑论癖好。针对当今图书市场的现状，我要特别强调，千万不要追随媒体的宣传只读一些畅销书和时尚书，倘若那样，你绝对成不了真正的读者，永远只是文化市场上的消费大众而已。须知时尚和文明完全是两回事，一个受时尚支配的人仅仅生活在事物的表面，貌似前卫，本质上却是一个野蛮人，唯有扎根于人类精神文明土壤中的人才是真正的文明人。

第三，有较高的读书品位。

一个真正的读者具备基本的判断力和鉴赏力，仿佛拥有一种内在的嗅觉，能够嗅出一本书的优劣，本能地拒斥劣书，倾心好书。这种能力部分地来自阅读的经验，但更多地源自一个人灵魂的品质。当然，灵魂的品质是可以不断提高的，读好书也是提高的途径，二者之间有一种良性循环的关系。重要的是一开始就给自己确立一个标准，每读一本书，一定要在精神上有收获，能够进一步开启你的心智。只要坚持这个标准，灵魂的品质和对书的判断力就自然会同步得到提高。一旦你的灵魂足够丰富和深刻，就会发现，自己已经上升到了一种高度，不再能容忍那些贫乏和浅薄的书了。

能否成为一个真正的读者，青少年时期是关键。经验证明，一个人在这个时期倘若没有养成读好书的习惯，以后再要培养就比较难了，倘若养成了，则必定终身受用。青少年对未来有种种美好的理想，我的祝愿是，在你们的人生蓝图中，千万不要遗漏了这一种理想：就是立志做一个真正的读者，一个终身读者。

没有目的的旅行

没有比长途旅行更令人兴奋的了，也没有比长途旅行更容易使人感到无聊的了。

人生，就是一趟长途旅行。

一趟长途旅行，意味着奇遇，巧合，不寻常的机缘，意外的收获，陌生而新鲜的人和景物。总之，意味着种种打破生活常规的偶然性和可能性。所以，谁不是怀着朦胧的期待和莫名的激动踏上旅程的？

然而，一般规律是，随着旅程的延续，兴奋递减，无聊递增。

我们从记事起就已经身在这趟名为“人生”的列车上了。一开始，我们并不关心它开往何处。孩子们不需要为人生安上一个目的，他们趴在车窗边，小脸蛋紧贴玻璃，窗外掠过的田野、树木、房屋、人畜，无不可观，无不使他们感到新奇。无聊与他们无缘。

不知从何时起，车窗外的景物不再那样令我们陶醉了。这是我们告别童年的一个确切标志，我们长大成人了。我们开始需要一个目的，而且往往也就有了一个也许清晰但多半模糊的目的。我们相信列车将把我们带往一个美妙的地方，那里的景物远比沿途优美。我们在心里悄悄给那地方冠以美好的名称，名之为“幸福”“成功”“善”“真理”等。

不幸的是，一旦我们开始憧憬一个目的，无聊便接踵而至。既然生活在远处，近处的就不是生活。既然目的最重要，过程就等而下之。我们的心飞向未来，只把身体留在现在，视正在经历的一切为必不可免的过程，耐着性子忍受。

列车在继续行进，但我们愈来愈意识到自己身寄逆旅，不禁暗暗计算日程，琢磨如何消磨途中的光阴。好交际者便找人攀谈，胡侃神聊，不厌其烦地议论天气、物价、新闻之类无聊话题。性情孤僻者则躲在一隅，闷头吸烟，自从无烟车厢普及以来，就只是坐着发呆、瞌睡、打呵欠。不学无术之徒掏出随身携带的通俗无聊小报和杂志，读了一遍又一遍。饱学之士翻开事先准备的学术名著，想聚精会神研读，终于读不进去，便屈尊向不学无术之徒借来通俗报刊，图个轻松。先生们没完没了地打扑克。太太们没完没了地打毛衣。凡此种种，雅俗同归，都是在无聊中打发时间，以无聊的方式逃避无聊。

当然，会有少数幸运儿因了自身的性情，或外在的机缘，对旅途本身仍然怀着浓厚的兴趣。一位诗人凭窗凝思，浮想联翩，笔下灵感如涌。一对妙龄男女隔座顾盼，两情款洽，眉间秋波频送。他们都乐在其中，不觉得旅途无聊。愈是心中老悬着一个遥远目的地的旅客，愈不耐旅途的漫长，容易百无聊赖。由此可见，无聊生于目的与过程的分离，乃是一种对过程疏远和隔膜的心境。孩子或者像孩子一样单纯的人，目的意识淡薄，沉浸在过程中，过程和目的浑然不分，他们能够随遇而安，即事起兴，不易感到无聊。商人或者像商人一样精明的人，有非常明确实际的目的，以此指导行动，规划过程，目的与过程丝丝相扣，他们能够聚精会神，分秒必争，也不易感到无聊。怕就怕既失去了孩子的单纯，又不肯学商人的精明，目的意识强烈却并无明确实际的目的，有所追求但所求不是太缥缈就是太模糊。“我只是想要，但不知道究竟想要什么。”这种心境是滋生无聊的温床。心中弥漫着一团空虚，无物可以填充。凡到手的一切都不是想要的，于是难免无聊了。

舍近逐远似乎是我们人类的天性，大约正是目的意识在其中作祟。一座围城，城里的人想出去，城外的人想进来，如果出不去进不来，就感到无聊。这是达不到目的的无聊。一旦城里的人到了城外，城外的人到了城里，又觉得城外和城里不过尔尔。这是目的达到后的无聊。于是，健忘的人（我们多半是健忘的）折腾往回跑，陷入又一轮循环。等到城里城外都厌倦，是进是出都无所谓，更大的无聊就来临了。这是没有了目的的无聊。

超出生存以上的目的，大抵是想象力的产物。想象力需要为自己寻找一个落脚点，目的便是这落脚点。我们乘着想象力飞往远方，疏远了当下的现实。一旦想象中的目的实现，我们又会觉得它远不如想象。最后，我们倦于追求一个目的了，但并不因此就心满意足地降落到地面上来。我们乘着疲惫的想象力，心灰意懒地盘旋在这块我们业已厌倦的大地上空，茫然四顾，无处栖身。

让我们回到那趟名为“人生”的列车上来。假定我们各自怀着一个目的，相信列车终将把我们带到心向往之的某地，为此我们忍受着旅途的无聊，这时列车的广播突然响了，通知我们列车并非开往某地，非但不是开往某地，而且不开往任何地方，它根本就没有一个目的地。试想一下，在此之后，不再有一个目的来支撑我们忍受旅途的无聊，其无聊更将如何?

然而，这正是我们或早或迟会悟到的人生真相。“天地者万物之逆旅”，万物之灵也只是万物的一分子，逃不脱大自然安排的命运。人活一世，不过是到天地间走一趟罢了。人生的终点是死，死总不该是人生的目的。人生原本就是一趟没有目的的旅行。

鉴于人生本无目的，只是过程，有的哲人就教导我们重视过程，不要在乎目的。如果真能像孩子那样沉浸在过程中，当然可免除无聊。可惜的是，我们已非孩子，觉醒了的目的意识不容易回归混沌。莱辛说他重视追求真理的过程胜于重视真理本身，这话怕是出于一种无奈的心情，正因为过于重视真理，同时又过于清醒地看到真理并不存在，才不得已而返求诸过程。看破目的阙如而执着过程，这好比看破红尘的人还俗，与过程早已隔了一道鸿沟，至多只能做到貌合神离而已。

如此看来，无聊是人的宿命。无论我们期待一个目的，还是根本没有目的可期待，我们都难逃此宿命。在没有目的时，我们仍有目的意识。在无可期待时，我们仍茫茫然若有所待。我们有时会沉醉在过程中，但是不可能始终和过程打成一片。我们渴念过程背后的目的，或者省悟过程背后绝无目的时，我们都会对过程产生疏远和隔膜之感。然而，我们又被黏滞在过程中，我们的生命仅是一过程而已。我们心不在焉而又身不由己，这种心境便是无聊。

一个人唯有关注心灵，才会因为心灵被扰乱而不安，才会有寻求心灵的宁静之需要。

记住回家的路

生活在今日的世界上，心灵的宁静不易得。这个世界既充满着机会，也充满着压力。机会诱惑人去尝试，压力逼迫人去奋斗，都使人静不下心来。我不主张年轻人拒绝任何机会，逃避一切压力，以闭关自守的姿态面对世界。年轻的心灵本不该静如止水，波澜不起。世界是属于年轻人的，趁着年轻到广阔的世界上去闯荡一番，原是人生必要的经历。所须防止的只是，把自己完全交给了机会和压力去支配，在世界上风风火火或浑浑噩噩，迷失了回家的路途。

每到一个陌生的城市，我的习惯是随便走走，好奇心驱使我去探寻这里的热闹的街巷和冷僻的角落。在这途中，难免暂时地迷路，但心中一定要有把握，自信能记起回住处的路线，否则便会感觉不踏实。我想，人生也是如此。你不妨在世界上闯荡，去建功立业，去探险猎奇，去觅情求爱，可是，你一定不要忘记了回家的路。这个家，就是你的自我，你自己的心灵世界。

寻求心灵的宁静，前提是首先要有一个心灵。在理论上，人人都有一个心灵，但事实上却不尽然。有一些人，他们永远被外界的力量左右着，永远生活在喧闹的外部世界里，未尝有真正的内心生活。对于这样的人，心灵的宁静就无从谈起。一个人唯有关注心灵，才会因为心灵被扰乱而不安，才会有寻求心灵的宁静之需要。所以，具有过内心生活的禀赋，或者养成这样的习惯，是最重要的。有此禀赋或习惯的人都知道，其实内心生活与外部生活并非互相排斥的，同一个人完全可能在两方面都十分丰富。区别在于，注重内心生活的人善于把外部生活的收获变成心灵的财富，缺乏此种禀赋或习惯的人则往往会迷失在外部生活中，人整个儿是散的。自我是一个中心点，一个人有了坚实的自我，他在这个世界上便有了精神的坐标，无论走多远都能够找到回家的路。换一个比方，我们不妨说，一个有着坚实的自我的人便仿佛有了一个精神的密友，他无论走到哪里都带着这个密友，这个密友将忠实地分享他的一切遭遇，倾听他的一切心语。

如果一个人有自己的心灵追求，又在世界上闯荡了一番，有了相当的人生阅历，那么，他就会逐渐认识到自己在这个世界上的位置。世界无限广阔，诱惑永无止境，然而，属于每一个人的现实可能性终究是有限的。你不妨对一切可能性保持着开放的心态，因为那是人生魅力的源泉，但同时你也要早一些在世界之海上抛下自己的锚，找到最适合自己的领域。一个人不论伟大还是平凡，只要他顺应自己的天性，找到了自己真正喜欢做的事，并且一心把自己喜欢做的事做得尽善尽美，他在这世界上就有了牢不可破的家园。于是，他不但会有足够的勇气去承受外界的压力，而且会有足够的清醒来面对形形色色的机会的诱惑。我们当然没有理由怀疑，这样的一个人必能获得生活的充实和心灵的宁静。

图书在版编目(CIP)数据

敢于孤独的勇气 / 周国平著. — 杭州 : 浙江人民出版社, 2018.11
ISBN 978-7-213-09037-0

Ⅰ. ①敢… Ⅱ. ①周… Ⅲ. ①散文集—中国—当代 Ⅳ. ①I267

中国版本图书馆CIP数据核字（2018）第266120号

敢于孤独的勇气
GANYU GUDU DE YONGQI
周国平　著

出版发行　浙江人民出版社（杭州市体育场路347号　邮编 310006）
责任编辑　陈巧丽
责任校对　陈　春
封面设计　所以设计馆
电脑制版　刘　宽
印　　刷　三河市嘉科万达彩色印刷有限公司
开　　本　880毫米×1230毫米　1/32
印　　张　9.25
字　　数　215千字
版　　次　2018年11月第1版
印　　次　2018年11月第1次印刷
书　　号　ISBN 978-7-213-09037-0
定　　价　46.00元